南京文献精编

随园食单　（清）袁枚 撰

白门食谱　（民国）张通之 撰

冶城蔬谱　（清末民初）龚乃保 撰

续冶城蔬谱　（民国）王孝煃 撰

点校　卢海鸣

南京出版传媒集团
南京出版社

图书在版编目（CIP）数据

随园食单 / （清）袁枚撰. 白门食谱 / 张通之撰.
冶城蔬谱 / （清）龚乃保撰. -- 南京：南京出版社，
2024.6
（南京文献精编）
本书与"续冶城蔬谱"合订
ISBN 978-7-5533-4677-9

Ⅰ.①随… ②白… ③冶… Ⅱ.①袁… ②张… ③龚
… Ⅲ.①烹饪－中国②食谱－中国③中式菜肴－菜谱
Ⅳ.①TS972.117

中国国家版本馆CIP数据核字（2024）第053839号

总 策 划　卢海鸣

丛 书 名　南京文献精编
书　　名　随园食单·白门食谱·冶城蔬谱·续冶城蔬谱
作　　者　（清）袁枚 （民国）张通之 （清末民初）龚乃保 （民国）王孝煃
出版发行　南京出版传媒集团
　　　　　南 京 出 版 社
　　　社址：南京市太平门街53号　　　　　邮编：210016
　　　网址：http://www.njcbs.cn　　　　　电子信箱：njcbs1988@163.com
　　　联系电话：025-83283893、83283864（营销）　025-83112257（编务）

出 版 人　项晓宁
出 品 人　卢海鸣
责任编辑　鲍咏梅
装帧设计　王　俊
责任印制　杨福彬

排　　版　南京新华丰制版有限公司
印　　刷　南京新洲印刷有限公司
开　　本　890 毫米 ×1240 毫米　　1/32
印　　张　5.75
字　　数　126千
版　　次　2024 年 6 月第 1 版
印　　次　2024 年 6 月第 1 次印刷
书　　号　ISBN 978-7-5533-4677-9
定　　价　50.00元

用微信或京东
APP扫码购书

用淘宝APP
扫码购书

总　序

　　南京是我国著名古都，有近 2500 年的有文献记载的建城史、约 450 年的建都史，素有"六朝古都""十朝都会"之誉。南京也是文化繁盛之地，千百年来，流传下来大量的地方文献，题材多样，内容丰富，这些文献是研究南京政治、经济、军事、文化、科技、外交和民风民俗的重要资料，是中华优秀传统文化的重要组成部分。做好历史文献的整理出版工作，深度挖掘传统文化资源，不仅有利于传承、弘扬南京历史文化，提升南京美誉度，扩大南京影响力，也有利于推动物质文明、政治文明、精神文明、社会文明和生态文明协调发展。

　　长期以来，大量的南京珍贵文献散落在全国各地的图书馆和民间，许多珍贵的南京文献被束之高阁，无人问津，有的随着岁月的流逝而湮没无闻。广大读者想要查找阅读这些散见的地方文献，费时费力，十分不便。为继承和弘扬好这一祖先留给我们的宝贵文化遗产，从 2006 年开始，南京出版社与南京市地方志编纂委员会办公室等单位通力合作，组织专家学者搜集南京历史上稀有的文献，将其整理出版，形成"南京稀见文献丛刊"。"南京文献精编"

就是从"南京稀见文献丛刊"中精心挑选而成,题材包括诗文、史志、实录、书信、游记、报告等,内容涵盖历史、地理、政治、经济、军事、文化、教育、宗教、民俗、陵墓、城市规划等方面,全方位、多视角地展示了南京文化的深层内涵和丰富魅力。

"睹乔木而思故家,考文献而爱旧邦。"我们希望通过这套"南京文献精编"丛书的出版,满足人民群众多层次、多方面、多样化阅读需求,打造代表新时代研究水平的高质量南京基础古籍版本,为推进中国式现代化南京新实践提供精神动力。

"南京文献精编"编委会

导　读

　　我国饮食文化源远流长,"南甜北咸,东酸西辣"的民谚形象地反映了我们各地饮食文化的差异。南京地处我国中部,是一座不南不北、不东不西的城市,古往今来,这里百物汇集,人杂五方,形成了富有特色的饮食文化。在南京历史上,不仅美食家辈出,而且介绍金陵美食佳肴的食谱就有四种,这在全国城市中都是十分罕见的。这四种食谱,第一种是袁枚的《随园食单》,第二种是张通之的《白门食谱》,第三种是龚乃保的《冶城蔬谱》,第四种是王孝煃的《续冶城蔬谱》。这四部作品为我们了解南京饮食文化的源流提供了十分珍贵的资料,对京苏大菜的复兴,也具有一定的影响。

　　一、袁枚《随园食单》

　　袁枚(1716～1797),字子才,号简斋,晚年自号随园老人、苍山居士,钱塘(今浙江杭州)人。清代诗人、评论家和烹饪理论家。袁枚是乾隆、嘉庆时期杰出诗人之一,他与当时的赵翼、蒋士铨合称为"乾隆三大家",与纪晓岚并称为"南袁北纪"。袁枚生于康熙五十五年(1716),12岁时补县学生。乾隆四年(1739)成为进士,授翰林院庶吉士。乾隆七年外调做官,曾任溧水、江浦、沭阳、江宁等地知县,每到一地,勤于政事,颇有政声,深得两江总督尹继善的赏识。袁枚33岁时，父亲去世，遂辞官养母，在江宁（今南京）购置原江宁织造隋赫德的小仓山"隋园"，改名"随园"。经过袁枚的精心营构，随园成为清代江南著名的园林之一。在这里，袁枚度过了将近50年悠闲而又舒适的时光。他以论诗著述为乐，以文酒会友，倡导"性灵说"，主张写诗要写出自己的个性，为当时诗坛所宗。著有《小仓山房文集》、《随园诗话》、《子不语》、《随园食单》等30余种。

袁枚是一位经验丰富的烹饪理论家，他所著的《随园食单》是我国清代系统论述烹饪技术和南北菜点的重要著作。该书出版于乾隆五十七年（1792），此后国内有多种版本面世。1979年，日本岩波书店将其译成日文出版。全书除《序》外，共分14单，即须知单、戒单、海鲜单、江鲜单、特牲单、杂牲单、羽族单、水族有鳞单、水族无鳞单、杂素菜单、小菜单、点心单、饭粥单和茶酒单。在须知单中，袁枚提出了烹饪必须遵守的20个操作要求；在戒单中，提出了14个注意事项；在海鲜单等部分，用大量的篇幅详细地介绍了我国从14世纪至18世纪中流行的326种南北风味佳肴和特色小吃以及制作方法。书中还介绍了当时的部分名茶和美酒。

袁枚在收集、整理这些名馔佳肴时可谓是殚精竭虑。他在序言中写道："每食于某氏而饱，必使家厨往彼灶觚，执弟子之礼。四十年来，颇集众美。有学就者，有十分中得六七者，有仅得二三者，亦有竟失传者。余都问其方略，集而存之，虽不甚省记，亦载某家某味，以志景行。"袁枚不仅是理论家，还是实践家。他家中有像王小余这样的金陵名厨，园中种植有各种各样的农副产品。据清朝同治年间蒋敦复《随园轶事》记载："园之东西,各有田地山池……树上有果,地上有蔬,池中有鱼,鸡凫之豢养,尤为得法,美酿之储藏,可称名贵。形形色色,比购诸市上而更佳。有不速之客,酒席可咄嗟立办。不然,园中去市,计有二里之遥,往返需时,那堪久待耶?"袁枚以其身份、地位、财力和学识,将我国古代的烹饪经验和当时厨师的实践结合起来,加以系统地总结和整理,在选料、配料、刀工、调料、火候等方面,提出了一整套的理论。

在须知单中,他说:"大抵一席佳肴,司厨之功居其六,买办之功居其四"。"熟物之法,最重火候。有须武火者,煎炒是也;火弱则物疲矣。有须文火者,煨煮是也;火猛则物枯矣。有先用武火而后用文火者,收汤之物是也"。"善治菜者,须多设锅、灶、盂、钵之类,使一物各献一性,一碗各成一味","大抵物贵者器宜大,物贱者器宜小;煎炒宜盘,汤羹宜碗;煎炒宜铁锅,煨煮宜砂罐"。"味要浓厚,不可油腻;味要清鲜,不可淡薄"。这些观点,即使在今天看来,依然堪称是至理名言。

在戒单中,他提出 14 戒。戒耳餐写道:"何谓耳餐?耳餐者,务名之谓也。贪贵物之名,夸敬客之意,是以耳餐非口餐也。"戒目食写道:"何谓目食?目食者,贪多之谓也。"戒暴殄写道:"暴者不恤人功,殄者不惜物力。鸡、鱼、鹅、鸭,自首至尾俱有味存,不必少取多弃也。……假使暴殄而有益于饮食,犹之可也;暴殄而反累于饮食,又何苦为之?至于烈炭以炙活鹅之掌,刲刀以取生鸡之肝,皆君子所不为也。何也?物为人用,使之死,可也;使之求死不得,不可也。"戒火锅写道:"冬日宴客,惯用火锅。对客喧腾,已属可厌;且各菜之味,有一定火候,宜文宜武,宜撤宜添,瞬息难差。今一例以火逼之,其味尚可问哉? 近人用烧酒代炭以为得计,而不知物经多滚,总能变味。"他反对贪图虚名、铺张浪费,反对虐待动物,不提倡吃火锅,等等。这些注意事项,见解独到,在今天仍有指导意义。

针对每一种菜肴和点心,袁枚分门别类,介绍了具体的烹饪方法。如,在海鲜单中,介绍了9种山珍海味的做法。在江鲜单中,介绍了6种江鲜的做法。在特牲单中,介绍了猪肉、猪内脏的50余种烹饪方法。在杂牲单中,介绍了牛、羊、鹿、獐、果子狸等多种动物的烹饪方法。在点心单中,介绍了面、饼、饺、馄饨、馒头、粽子、汤团、糕、粥等55余种点心的做法。这些记载,尽管没有将每样菜肴的主料、佐料的分量记载清楚,但却为我们留下了宝贵的饮食文化资料,成为我们今天复原清朝饮食的重要文献。

袁枚言人之所未言,发人之所未发,其语言之精采,见解之独到,足以笑傲食林。

《随园食单》记载的食谱,被称为"随园菜",它与北京谭家菜、山东曲阜孔府菜并称为我国最著名的三大官府菜。

二、张通之《白门食谱》

张通之(1875~1948),名葆亨,字通之,六合人。居南京仓巷。其父张星南,是清末南京著名的塾师。光绪末年,张通之与其兄弟同榜入学,就读于宁属师范。宣统己酉(1909)拔贡,终生未仕。先后执教于金陵大学、江宁省立第一中学、第一农业学校、私立钟英中学,从教时间长达33年。张通之工诗词,与李瑞清、王东培、胡小石等人时相唱和。他还擅长书画,以墨菊、苍松最为著名。南京市通志馆成立后,参与

《南京文献》的编纂工作。著有《娱目轩诗集》、《庠序怀旧录》、《趋庭纪闻》、《秦淮感逝》、《金陵四十八景题咏》等作品。晚年研究南京的特产和美食,写下了著名的《白门食谱》。

张通之在该书前言中开宗明义写道:"昔袁子才先生侨居金陵,筑随园于小仓山,著有《随园食谱》。予广其义,取金陵城市乡村,及人家商铺与僧寮酒肆,凡食品出产之佳,烹饪之善,皆采而录之,曰《白门食谱》。"

书中列举了南乡米、南乡猪肉、板桥萝卜、江心洲芦笋与嫩蒿、钟山云雾茶、灵谷素宴席、扫叶楼素面、仓巷韩复兴咸板鸭、南门外马祥兴美人肝与凤尾虾、七家湾西小巷内王厨盐水鸭等61种特产和美食。

书中记载的南京特产有27种,对于每一种特产的特点、烹饪和烧制方法,都一一作了介绍。60年过去了,时过境迁,南乡米、巴斗山刀鱼、后湖鲫鱼、后湖茭白、王府园苋菜、西南乡圩蟹、后湖樱桃等许多特产均已成为张氏笔下的绝唱,我们只能从字里行间去品味了。

《白门食谱》中记载的美食,既有来自大户人家的(7种),也有寺庙制作的(3种),更多的是市肆店铺出产的(24种)。如三坊巷郑府烧大鲫鱼、颜料坊蒋府假蟹粉、黑廊侯府玉板汤等,用料考究,制作精细;灵谷素宴席、扫叶楼素面风味隽永,价廉物美。这些城乡名菜和风味小吃,随着时代的兴替和人世的变迁,其中相当一部分已经失传了,但也有一部分流传下来。

在市肆店铺出产的24种美味佳肴中,咸板鸭(又称南京板鸭)可谓是南京最具地方特色的传统美食。"韩复兴之板鸭,肥而且香,亦久闻名于外。盖其鸭之肥,喂以食料,待其养成。至其肉之香而嫩,亦咸之适宜,有一定之盐,与一定时"。这里的"板"字用得恰如其分,颇能体现这种腌制品的质感。"咸"字则体现了板鸭的口味。清朝时期,地方政府官员每年都要挑选一些板鸭进贡给皇帝,官员之间相互馈赠也用咸板鸭,所以咸板鸭又有"贡鸭"和"官礼板鸭"之称。如今,虽然爱吃板鸭的人不多了,但是咸板鸭因便于保存,依然是南京人馈赠外地亲友的礼品。

盐水鸭也是南京著名的地方传统特产。"金陵八月时期,盐水鸭最著名,人人以为肉内有桂花香也。王厨此鸭,四时皆佳,其肥而嫩,尤为外间八月所售之盐水鸭不能及。故金陵人士,无不知王厨盐水鸭之名也"。盐水鸭现做现卖。现在的南京人一年四季都爱吃盐水鸭,街头巷尾到处是卖盐水鸭的店铺。来客人了,或者是自家人想喝酒了,一般都会去门口斩半只盐水鸭。

"美人肝"与"凤尾虾"是百年老店马祥兴的招牌菜,也是金陵名馔。民国年间,大汉奸汪精卫、著名学者胡小石、记者黄裳等人曾经慕名前往,竞相以一品为快。"美人肝"和"凤尾虾"到底是什么东西呢?该书称:"其所谓美人肝者,即取鸭腹内胰白作成。因选择极净,烹治合宜,其质嫩而味美,无可比拟,乃名之为美人肝也。至凤尾虾之作法,系虾之上半去壳,下半仍留。炒熟时,上白而下红,宛如凤尾。其烹治亦好,味甚鲜美,而人乃称之为凤尾虾焉。""马祥兴"原在中华门外大报恩寺对面,是一个很小的店铺。1958 年,搬到鼓楼广场西侧。如今金陵老字号"马祥兴"搬迁到了云南路,新的店铺富丽堂皇,成为南京著名的清真菜馆之一。"美人肝"味道依旧,"凤尾虾"已经风靡全国。

芦蒿是一种水生植物,又名蒌蒿。南京地区的芦蒿主要产自市郊苇塘,以江心洲所产最嫩。"以嫩蒿炒丝,食之味亦佳,且咀嚼时,齿牙有清香"。每到春天,南京人便以吃芦蒿为享受,也用来招待异乡客人。过去的芦蒿都是野生的,根茎微红,产量较小。由于供不应求,人们开始大量种植芦蒿,这种芦蒿颜色嫩绿,有时价格比肉还贵。清炒芦蒿或咸肉丝香干(或臭干)炒芦蒿,脆嫩清香,那滋味简直无法形容。

《白门食谱》中记载的既有官府菜,又有市井菜;既有地方特产,又有风味小吃,是南京饮食文化的一部重要文献。

三、龚乃保《冶城蔬谱》

龚乃保(1843～?),字艾堂,号揖坡。江宁(今南京)人。道光二十三年(1843)生,卒年不详。民国五年(1916)年逾七十,仍在世。著有《揖坡诗稿》等。

清朝光绪年间,龚乃保客居异乡,己亥中秋(光绪二十五年,1899),在南安道源书院,"遥忆金陵蔬菜之美,不觉垂涎",于是编撰《冶城蔬谱》。"冶城山麓,敝庐之所在也,因名之曰《冶城蔬谱》。钟山淮水,话归梦于灯前;雨甲烟苗,把生香于纸上,思乡味纾旅怀也"。龚氏在书中盼望"他日者,返棹白门,结邻乌榜,购园半亩,种田一畦,菽水供亲,粗粝终老,所愿止此"。作者身处异乡,思念家乡的美食,唯一的解馋方法只有写出来。他盼望能早日返回故乡南京,有一块自留地,做一个菜农,也就心满意足了。

在书中,作者挑选印象深刻的金陵蔬菜,分别加以描述。

龚氏罗列了早韭、枸杞、豌豆叶、油头菜等 24 种蔬菜,包括野蔬,其中绝大多数蔬菜现在仍然是南京人餐桌上的美味佳肴。

龚氏在书中,将早韭列为第一。他说:"周彦伦山中佳味,首称春初早韭。……春初长四五寸,茎白叶黄,如金钗股,缕肉为脍,裹以薄饼,为春盘极品。"杜甫诗云:"夜雨剪春韭。"这里的"缕肉为脍,裹以薄饼",便是春卷。放在油锅里煎后,一口咬下去,齿颊留芳。南京人至今仍有春天吃春卷的饮食习俗。韭菜可清炒,也可炒鸡蛋、炒肉丝,或与豆芽、豆腐丝之类共同素炒。韭菜炒螺蛳肉更是让人回味无穷。

枸杞头,枸杞的嫩薹。枸杞是一种野生植物,"春初嫩薹怒发,长二三寸,炒食,凉气沁喉舌间"。春天炒一盘枸杞头,吃起来苦中带甜,据说还有明目去火的功效呢。

菊花叶,又称菊花脑、菊花涝,是一种多年生宿根野花,属菊科,外形似栽培的菊花绿叶,只有南京地区的人爱吃。它是南京的特产蔬菜。南京有句民谚:"南京人,不识宝,一口白米一口草。"这里的"草",指的是菊花脑、木杞头、马兰头。俗称"南京三草"。盛夏季节,做一锅菊花脑鸡蛋汤,滴几滴麻油,吃起来清香中略有点苦涩,清凉可口,解毒去火。菊花脑尽管生命力旺盛,但因其带有一种淡淡的草药味,所以至今未在他乡传播开来。

木杞头,一种野生植物,又名苜蓿、三叶菜。它是早春时节最早应市的时蔬。生活在南京的人,对苜蓿的名称想必不会感到生疏,因为在中山门外月牙湖畔,就有一个街区自古即叫苜蓿园,据说明代是种植马草的地方。以前苜蓿是马的饲料,现在也进入了人们的餐桌。南京人的吃法大多是用油炒,放点糖,吃起来甘中带点苦涩,兼有野菜的清香。

马兰头,又名路边菊、马兰,是多年生草本植物。"多生路侧田畔,与他菜不同,颇能独树一帜。他处人多不解食。然其花,则久为画家点缀小品"。马兰头有青梗和红梗两种,以野生青梗食用为佳。凉拌、炒食均宜,入口脆嫩清香,略带一丝麻味。叶灵凤先生在《江南的野菜》一文中对马兰头推崇备至,认为是江南野菜中"滋味最好的"。

南京人爱吃萝卜,又被称作"大萝卜"。该书写道:"吾乡产者,皮色鲜红。冬初,硕大坚实,一颗重七八两,质粉而味甜,远胜薯蓣。窖至来春,磕碎拌以糖醋,秋梨无其爽脆也。"可见南京人是以本地所产的萝卜引以为豪的。南京人爱吃萝卜,也并不讳言这一点。典型的例子,像现代著名作家叶灵凤,是南京人,就多次著文大谈南京的萝卜。

荠菜也是江南著名的野菜。荠菜是十字花科野生植物,又叫地地菜、雀雀菜、护生草。荠菜谐音"积财"而为南京人喜爱。"蔬之见于诗者,杞笋蒌芹外,此为最著。自生田野间,不畏冰雪,味有余甘"。南京人喜欢将荠菜拌入肉馅,包春卷、馄饨或饺子。咬开一口,芳香四溢。不仅荠菜好吃,花也很美丽。江南有一首民谣唱道:"三月三,荠菜花赛牡丹。"每年的农历三月三日,许多人家都要做荠菜花煮鸡蛋,吃了这种鸡蛋,据说可以使人一年中身体健康。

书中对每一种蔬菜名称由来、食用方法,引经据典,既有来自《说文》、《尔雅》、《史记》之类经史的资料,又有来自子集的记载。南京著名文人卢前(1905～1951)对《冶城蔬谱》喜爱有加,1950年前后,溥心畬先生到南京,卢前曾经请溥氏为该书作插图，每天送两三种菜给溥氏临摹，可惜未及完工，溥氏去了杭州，此事遂作罢。

《冶城蔬谱》记述的金陵蔬菜中，既有人工种植的蔬菜，也有野生的蔬菜，颇能反映南京饮食文化的地方特色。

四、王孝煃《续冶城蔬谱》

王孝煃(1885～1947)，字东培，号寄沤，别署红叶词人、东培山民、岁寒山馆主。江宁(今南京)人。出身于书香门第。父亲王藩，字柳门，工诗文，著有《剑青室遗稿》。王孝煃早岁曾随其父宦游于浙江杭州、宁波等地。1895年自浙江回南京参加童子试。受到龚乃保、顾石公、司马晴江、秦伯虞、陆嬴生、陈凤生、贾子元等二十余位工诗文、精书画者的指教。光绪癸卯(1903)科中举。后任职于浙江省盐务处。父死后，不愿就仕途，奉母归金陵。初住门西太平街，后迁朱状元巷。先后任教于汇文书院、江苏省立第四师范学校、金陵大学、东南大学。王孝煃工填词，书画造诣深厚，金石篆刻冠绝一时。与仇埰先生过从甚密。1945年日寇进攻南京时，61岁的王孝煃举家流亡，辗转当涂、和州、寿县、信阳、汉口、重庆，到达四川江津。流亡期间，母亲与妻子相继病逝。1945年8月日本投降，9月，他与同乡赵瑞芝兄弟买棹东下，返回故乡南京。初寓护国庵，后迁王府园赵宅。1947年2月8日因脑溢血病逝。著有《秋梦录》、《里乘备识》、《乡饮脞谈》、《北窗琐识》、《游梁杂识》、《红叶石馆诗词钞》等。

1912年元旦，孙中山先生在南京成立中华民国临时政府。这年的11月，王孝煃拾遗补漏，撰成《续冶城蔬谱》。他在自序中写道："食指或动，墨香为沈，不鄙食肉，聊寄忆莼。

藉为续谱，不自知其面有菜色也。壬子冬十一月，寄鸥庐后学王孝煃谨志。"

《续冶城蔬谱》补写的蔬菜，皆为《冶城蔬谱》中所未列。有芥、雪里蕻、大头菜、豆芽等21种。

雪里蕻，以往每年冬天南京人几乎家家都要腌制。该书写道："雪深诸菜冻损，而是独青……腌可御冬，藏至明春，瓮中腾酸香，作淡黄色，味益别致。吾乡所种，未尝改味。"用雪里蕻炒肉丝或毛豆，配上烫饭或稀粥，十分爽口。

慈姑，是我国特有的蔬菜。"《群芳谱》作茨菇，一岁根生十二子，有闰则生十三子云。玄武湖、莫愁湖各处陂塘，多有种者，如小芋，味微苦。《本草》云，能下石琳，治百毒。嫩腻香滑，以这蒸鸭煮肉，味殊隽别。栗子煨鸡可人意，吾于慈姑亦云"。慈姑炒肉片，或烧肉或煨汤，吃起来夹杂着淡淡的苦涩味，是居民家中的家常蔬菜。

书中在介绍每一种蔬菜名称的由来、食用方法和营养价值时，从《说文》、《月令》、《本草》、《群芳谱》，到历代野史笔记，旁征博引，令人信服。

《续冶城蔬谱》记述的金陵蔬菜，弥补了《冶城蔬谱》的缺漏，堪称是《冶城蔬谱》姊妹篇。

南京的美食佳蔬，诱惑难当，难怪周作人、卢前、胡小石、叶灵凤、汪曾祺、洪烛等诸多文人，纷纷以其为题目，写下绝佳的篇章。他们不约而同地用这种方式来解馋。出生于南京的著名文人卢前有一段时间在北京，春风起，动起了"春蔬"之思，忍不住写下了《世间何物似江南》一文，文中写道："怀想江南的原因，第一是吃，这夏历二三月间，江南的蔬菜种类正多，尤其是菊叶、豆苗、马兰、枸杞、芦蒿、茼蒿、杨化萝卜、荚儿菜之类，在北京就感觉不到不足。第二还是吃……"可以想见南京的饮食文化是多么让人魂牵梦萦了。

上述四种食谱，《随园食单》已经出版过多种点校本，其他三种食谱，我的好友、南京著名作家薛冰先生编著的《金陵旧事》（百花文艺出版社 2001 年版）一书曾经做过节选标点工作。此次点校，《随园食单》一书，以上海图书馆嘉庆元年（1796）本为底本，同时参考了中国商业出版社 1984 年出版的周三金等人的标点本和江苏古籍出版社出版的《袁枚全集》八卷本中的王英中标点本。《白门食谱》、《冶城蔬谱》和《续冶城蔬谱》三种，分别以 1947 年 2 月、1948 年 5 月和 1948 年 7 月南京通志馆印行的《南京文献》第 2 号、第 17 号和第 19 号本为底本，并参考了薛冰先生的成果；此外，邓振明先生在本书的校对过程中也付出了辛勤的劳动。在此，谨向他们表示由衷的谢意。

卢海鸣

清乾隆小仓山房藏版《随园食单》书影

1947年《南京文献》版《白门食谱》书影

1948年《南京文献》版《冶城蔬谱》书影

1948年《南京文献》版《续冶城蔬谱》书影

总目录

随园食单

（清）袁枚 撰

点校 卢海鸣

南京文献精编

南京出版传媒集团
南京出版社

序

　　诗人美周公而曰"笾豆有践"，恶凡伯而曰"彼疏斯粺"。古之于饮食也，若是重乎！他若《易》称"鼎烹"，《书》称"盐梅"，《乡党》《内则》琐琐言之。孟子虽贱饮食之人，而又言饥渴未能得饮食之正。可见凡事须求一是处，都非易言。《中庸》曰："人莫不饮食也，鲜能知味也。"《典论》曰："一世长者知居处，三世长者知服食。"古人进鬐①离肺，皆有法焉，未尝苟且。"子与人歌而善，必使反之，而后和之"。圣人于一艺之微，其善取于人也如是。余雅慕此旨，每食于某氏而饱，必使家厨往彼灶觚，执弟子之礼。四十年来，颇集众美。有学就者，有十分中得六七者，有仅得二三者，亦有竟失传者。余都问其方略，采②而存之，虽不甚省记，亦载某家某味，以志景行。自觉好学之心，理宜如是。虽死法不足以限生厨，名手作书，亦多出入，未可专求之于故纸。然能率由旧章，终无大谬，临时治具，亦易指名。或曰："人心不同，各如其面。子能必天下之口皆子之口乎？"曰："执柯以伐柯，其则不远。吾虽不能强天下之口与吾同嗜，而姑且推己及物，则食饮虽微，

---

① 鬐：通"鬐"。鱼脊鳍。
② 采：疑为"采"。

而吾于忠恕之道，则已尽矣，吾何憾哉！"若夫《说郛》所载饮食之书三十余种，眉公、笠翁亦有陈言；曾亲试之，皆阂于鼻而蜇于口，大半陋儒附会，吾无取焉。

目　录

须　知　单

羽 族 单

水族有鳞单

水族无鳞鱼

杂 素 菜 单

点 心 单

须　知　单

学问之道，先知而后行，饮食亦然。作《须知单》。

先 天 须 知

凡物各有先天，如人各有资禀。人性下愚，虽孔孟教之，无益也。物性不良，虽易牙烹之，亦无味也。指其大略：猪宜皮薄，不可腥臊；鸡宜骟嫩，不可老稚；鲫鱼以扁身白肚为佳，乌背者必崛强于盘中；鳗鱼以湖溪游泳为贵，江生者必槎枒其骨节；谷喂之鸭，其膘肥而白色；壅土之笋，其节少而甘鲜；同一火腿也，而好丑判若天渊；同一台鲞①也，而美恶分为冰炭。其他杂物，可以类推。大抵一席佳肴，司厨之功居其六，买办之功居其四。

作 料 须 知

厨者之作料，如妇人之衣服首饰也。虽有天姿，虽善涂抹，而敝衣蓝缕，西子亦难以为容。善烹调者，酱用伏酱，先尝甘否；油用香油，须审生熟；酒用酒酿②，应去糟粕；醋用米醋，须求

---

① 台鲞：原书误作"台鲞"。
② 酒酿：原书误作"酒娘"。以下径改，不再一一标出。

清冽。且酱有清浓之分,油有荤素之别,酒有酸甜之异,醋有陈新之殊,不可丝毫错误。其他葱、椒、姜、桂、糖、盐,虽用之不多,而俱宜选择上品。苏州店卖秋油,有上、中、下三等。镇江醋颜色虽佳,味不甚酸,失醋之本旨矣。以板浦醋为第一,浦口醋次之。

洗 刷 须 知

洗刷之法,燕窝去毛,海参去泥,鱼翅去沙,鹿筋去臊。肉有筋瓣,剔之则酥;鸭有肾臊,削之则净;鱼胆破,而全盘皆苦;鳗涎存,而满碗多腥;韭删叶而白存,菜弃边而心出。《内则》曰:"鱼去乙,鳖去丑。"此之谓也。谚云:"若要鱼好吃,洗得白筋出。"亦此之谓也。

调 剂 须 知

调剂之法,相物而施。有酒水兼用者,有专用酒不用水者,有专用水不用酒者,有盐酱并用者,有专用清酱不用盐者,有用盐不用酱者;有物太腻,要用油先炙者;有气太腥,要用醋先喷者;有取鲜必用冰糖者;有以干燥为贵者,使其味入于内,煎炒之物是也;有以汤多为贵者,使其味溢于外,清浮之物是也。

配 搭 须 知

谚曰:"相女配夫。"《记》曰:"儗人必于其伦。"烹调之法,何以异焉?凡一物烹成,必需辅佐。要使清者配清,浓者配浓,柔者配柔,刚者配刚,方有和合之妙。其中可荤可素者,蘑菇、鲜笋、冬瓜是也。可荤不可素者,葱、韭、茴香、新蒜是也。可素不可荤者,芹菜、百合、刀豆是也。常见人置蟹粉于燕窝之中,放百合于鸡、猪之肉,毋乃唐尧与苏峻对坐,不太悖乎?亦有交互见功者,炒荤菜用素油,炒素菜用荤油是也。

独 用 须 知

味太浓重者,只宜独用,不可搭配。如李赞皇、张江陵一流,须专用之,方尽其才。食物中,鳗也,鳖也,蟹也,鲥鱼也,牛羊也,皆宜独食,不可加搭配。何也?此数物者,味甚厚,力量甚大,而流弊亦甚多;用五味调和,全力治之,方能取其长,而去其弊。何暇舍其本题,别生枝节哉?金陵人好以海参配甲鱼,鱼翅配蟹粉,我见辄攒眉。觉甲鱼、蟹粉之味,海参、鱼翅分之而不足;海参、鱼翅之弊,甲鱼、蟹粉染之而有余。

火 候 须 知

熟物之法,最重火候。有须武火者,煎炒是也;火弱则物疲矣。有须文火者,煨煮是也;火猛则物枯矣。有先用武火而后用文火者,收汤之物是也;性急则皮焦而里不熟矣。有愈煮愈嫩者,腰子、鸡蛋之类是也;有略煮即不嫩者,鲜鱼、蚶蛤之类是也。肉起迟,则红色变黑;鱼起迟,则活肉变死。屡开锅盖,则多沫而少香;火息再烧,则走油而味失。道人以丹成九转为仙,儒家以无过不及为中。司厨者能知火候而谨伺之,则几于道矣。鱼临食时,色白如玉,凝而不散者,活肉也;色白如粉,不相胶粘者,死肉也。明明鲜鱼,而使之不鲜,可恨已极。

色 臭 须 知

目与鼻,口之邻也,亦口之媒介也。嘉肴到目、到鼻,色臭便有不同。或净若秋云,或艳如琥珀,其芬芳之气亦扑鼻而来。不必齿决之、舌尝之而后知其妙也。然求色艳不可用糖炒,求香不可用香料。一沙①粉饰,便伤至味。

迟 速 须 知

凡人请客,相约于三日之前,自有工夫平章百味。若斗然客至,急需便餐;作客在外,行船落店;此何能取东海之水,救南池之焚乎?必须预备一种急就章之菜,如炒鸡片、炒肉丝、炒虾米、豆腐及糟鱼、茶腿之类,反能因速而见巧者,不可不知。

变 换 须 知

一物有一物之味,不可混而同之。犹如圣人设教,因才乐育,不拘一律。所谓君子成人之美也。今见俗厨,动以鸡、鸭、猪、鹅一汤同滚,遂令千手雷同,味同嚼蜡。吾恐鸡、猪、鹅、鸭有灵,必到枉死城中告状矣。善治菜者,须多设锅、灶、盂、钵之类,使一物各献一性,一碗各成一味。嗜者舌本应接不暇,自觉心花顿开。

---

① 沙:疑为"涉"。

器 具 须 知

古语云:"美食不如美器。"斯语是也。然宣、成、嘉、万窑器太贵,颇愁损伤,不如竟用御窑,已觉雅丽。惟是宜碗者碗,宜盘者盘,宜大者大,宜小者小,参错其间,方觉生色。若板板于十碗八盘之说,便嫌笨俗。大抵物贵者器宜大,物贱者器宜小;煎炒宜盘,汤羹宜碗;煎炒宜铁锅,煨煮宜砂罐。

上 菜 须 知

上菜之法,盐者宜先,淡者宜后;浓者宜先,薄者宜后;无汤者宜先,有汤者宜后。且天下原有五味,不可以咸之一味概之。度客食饱则脾困矣,须用辛辣以振动之;虑客酒多则胃疲矣,须用酸甘以提醒之。

时 节 须 知

夏日长而热,宰杀太早,则肉败矣。冬日短而寒,烹饪稍迟,则物生矣。冬宜食牛羊,移之于夏,非其时也。夏宜食干腊,移之于冬,非其时也。辅佐之物,夏宜用芥末①,冬宜用胡椒。当三伏天而得冬腌菜,贱物也,而竟成至宝矣。当秋凉时,而得行根笋,亦贱物也,而视若珍羞矣。有先时而见好者,三月食鲥鱼是也。有后时而见好者,四月食芋奶②是也。其他亦可

---

① 芥末:原书误作"芥荣"。
② 芋奶:通"芋艿"。

类推。有过时而不可吃者,萝卜过时则心空,山笋过时则味苦,刀鲚过时则骨硬。所谓四时之序,成功者退,精华已竭,褰裳去之也。

多 寡 须 知

用贵物宜多,用贱物宜少。煎炒之物,多则火力不透,肉亦不松。故用肉不得过半斤,用鸡、鱼不得过六两。或问:食之不足,如何?曰:俟食毕后,另炒可也。以多为贵者,白煮肉非二十斤以外,则淡而无味。粥亦然。非斗米则汁浆不厚,且须扣水,水多物少,则味亦薄矣。

洁 净 须 知

切葱之刀,不可以切笋。捣椒之臼,不可以捣粉。闻菜有抹布气者,由其布之不洁也。闻菜有砧板气者,由其板之不净也。"工欲善其事,必先利其器。"良厨先多磨刀,多换布,多刮板,多洗手,然后治菜。至于口吸之烟灰,头上之汗汁,灶上之蝇蚁,锅上之烟煤,一玷入菜中,虽绝好烹庖,如西子蒙不洁,人皆掩鼻而过之矣。

用 纤 须 知

俗名豆粉为纤者,即拉船用纤也。须顾名思义。因治肉者,要作团而不能合,要作羹而不能腻,故用粉以牵合之。煎炒之时,虑肉贴锅必至焦老,故用粉以护持之。此纤义也。能解此义用纤,纤必恰当。否则乱用可笑,但觉一片糊涂。《汉制考》：齐呼曲麸为媒。媒即纤矣。

选用须知

选用之法，小炒肉用后臀，做肉圆用前夹心，煨肉用硬短勒。炒鱼片用青鱼、季鱼，做鱼松用鲜鱼、鲤鱼。蒸[①]鸡用雏鸡，煨鸡用骟鸡，取鸡汁用老鸡。鸡用雌才嫩，鸭用雄才肥。莼菜用头，芹韭用根，皆一定之理。余可类推。

疑似须知

味要浓厚，不可油腻；味要清鲜，不可淡薄。此疑似之间，差之毫厘，失以千里。浓厚者，取精多而糟粕去之谓也。若徒贪肥腻，不如专食猪油矣。清鲜者，真味出而俗尘无之谓也。若徒贪淡薄，则不如饮水矣。

补救须知

名手调羹，咸淡合宜，老嫩如式，原无需补救。不得已，为中人说法，则调味者宁淡毋咸，淡可加盐以救之，咸则不能使之再淡矣。烹鱼者，宁嫩毋老，嫩可加火候以补之，老则不能强之再嫩矣。此中消息，于一切下作料时，静观火色，便可参详。

本分须知

满洲菜多烧煮，汉人菜多羹汤。童而习之，故擅长也。汉

---

① 蒸：原书作"烝"。以下径改，不再一一标出。

请满人，满请汉人，各用所长之菜，转觉入口新鲜，不失邯郸故步。今人忘其本分，而要格外讨好。汉请满人用满菜，满请汉人用汉菜，反致依样葫芦，有名无实，画虎不成反类犬矣。秀才下场，专作自己文字，务极其工，自有遇合。若逢一宗师而摹仿之，逢一主考而摹仿之，则掇皮无真，终身不中矣。

戒　单

为政者兴一利，不如除一弊。能除饮食之弊，则思过半矣。作《戒单》。

戒 外 加 油

俗厨制菜，动熬猪油一锅，临上菜时，勺取而分浇之，以为肥腻。甚至燕窝至清之物，亦复受此玷污。而俗人不知，长吞大嚼，以为得油水入腹。故知前生是饿鬼投来。

戒 同 锅 熟

同锅熟之弊，已载前《变换须知》一条中。

戒 耳 餐

何谓耳餐？耳餐者，务名之谓也。贪贵物之名，夸敬客之意，是以耳餐非口餐也。不知豆腐得味远胜燕窝，海菜不佳不如蔬笋。余尝谓鸡、猪、鱼、鸭，豪杰之士也，各有本味，自成一家。海参、燕窝，庸陋之人也，全无性情，寄人篱下。尝见某太守宴客，大碗如缸，白煮燕窝四两，丝毫无味，人争夸之。余笑曰：我辈来吃燕窝，非来贩燕窝也。可贩不可吃，虽多累为？若徒夸体面，不如碗中竟放明珠百粒，则价值万金矣，其如吃不得何？

戒 目 食

何谓目食？目食者，贪多之谓也。今人慕"食前方丈"之名，多盘叠碗，是以目食非口食也。不知名手写字，多则必有败笔；名人作诗，烦则必有累句。极名厨之心力，一日之中，所作好菜不过四五味耳，尚难拿准，况拉杂横陈乎？就使帮助多人，亦各有意见，全无纪律，愈多愈坏。余尝过一商家，上菜三撤席，点心十六道，共算食品，将至四十余种。主人自觉欣欣得意，而我散席还家，仍煮粥充饥。可想见其席之丰而不洁矣。南朝孔琳之曰："今人好用多品，适口之外，皆为悦目之资。"余以为肴馔横陈，熏蒸腥秽，目①亦无可悦也。

戒 穿 凿

物有本性，不可穿凿为之。自成小巧，即如燕窝佳矣，何必捶以为团？海参可矣，何必熬之为酱？西瓜被切，略迟不鲜，竟有制以为糕者。苹果太熟，上口不脆，竟有蒸之以为脯者。他如《尊生八笺》之秋藤饼，李笠翁之玉兰糕，都是矫揉造作，以杞柳为杯棬，全失大方。譬如庸德庸行，做到家便是圣人，何必索隐行怪乎？

---

① 目：原书误作"日"。

戒　停　顿

物味取鲜,全在起锅时极锋而试,略为停顿,便如霉过衣裳,虽锦绣绮罗,亦晦闷而旧气可憎矣。尝见性急主人,每摆菜,必一齐搬出。于是厨人将一席之菜,都放蒸笼中,候主人催取,通行齐上。此中尚得有佳味哉?在善烹饪者,一盘一碗,费尽心思;在吃者,卤莽暴戾,囫囵吞下,真所谓得哀家梨,仍复蒸食者矣。余到粤东,食杨兰坡明府鳝羹而美,访其故,曰:"不过现杀现烹、现熟现吃,不停顿而已。"他物皆可类推。

戒　暴　殄

暴者不恤人功,殄者不惜物力。鸡、鱼、鹅、鸭,自首至尾俱有味存,不必少取多弃也。尝见烹甲鱼者,专取其裙而不知味在肉中;蒸鲥鱼者,专取其肚而不知鲜在背上。至贱莫如腌蛋,其佳处虽在黄,不在白,然全去其白而专取其黄,则食者亦觉索然矣。且予为此言,并非俗人惜福之谓。假使暴殄而有益于饮食,犹之可也;暴殄而反累于饮食,又何苦为之?至于烈炭以炙活鹅之掌,刲刀以取生鸡之肝,皆君子所不为也。何也?物为人用,使之死,可也;使之求死不得,不可也。

戒　纵　酒

事之是非,惟醒人能知之;味之美恶,亦惟醒人能知之。伊尹曰:"味之精微,口不能言也。"口且不能言,岂有呼呶酗酒之人,能知味者乎?往往见拇战之徒,啖佳菜如啖木屑,心不存焉。所谓惟酒是务,焉知其余,而治味之道扫地矣。万不得已,先于正席尝菜之味,后于撤席逞酒之能,庶乎其两可也。

戒 火 锅

冬日宴客,惯用火锅。对客喧腾,已属可厌;且各菜之味,有一定火候,宜文宜武,宜撤宜添,瞬息难差。今一例以火逼之,其味尚可问哉? 近人用烧酒代炭以为得计,而不知物经多滚,总能变味。或问:菜冷奈何? 曰:以起锅滚热之菜,不使客登时食尽,而尚能留之以至于冷,则其味之恶劣可知矣。

戒 强 让

治具宴客,礼也。然一肴既上,理宜凭客举箸,精肥整碎,各有所好,听从客便,方是道理,何必强勉让之? 尝见主人以箸夹取,堆置客前,污盘没碗,令人生厌。须知客非无手无目之人,又非儿童新妇,怕羞忍饿,何必以村妪小家子之见解待之? 其慢客也至矣! 近日倡家,尤多此种恶习,以箸取菜,硬入人口,有类强奸,殊为可恶。长安有甚好请客而菜不佳者,一客问曰:"我与君算相好乎?"主人曰:"相好。"客踞而请曰:"果然相好,我有所求,必允许而后起。"主人惊问:"何求?"曰:"此后君家宴客,求免见招。"合坐为之大笑。

戒 走 油

凡鱼、肉、鸡、鸭,虽极肥之物,总要使其油在肉中,不落汤中,其味方存而不散。若肉中之油半落汤中,则汤中之味反在肉外矣。推原其病有三：一误于火太猛，滚急水干，重番加水；一误于火势忽停，既断复续；一病在于太要相度，屡起锅盖，则油必走。

戒 落 套

唐诗最佳，而五言八韵之试帖，名家不选，何也？以其落套故也。诗尚如此，食亦宜然。今官场之菜，名号有十六碟、八簋、四点心之称，有满汉席之称，有八小吃之称，有十大菜之称。种种俗名，皆恶厨陋习。只可用之于新亲上门，上司入境，以此敷衍，配上椅披、桌裙、插屏、香案，三揖百拜方称。若家居欢宴，文酒开筵，安可用此恶套哉？必须盘碗参差，整散杂进，方有名贵之气象。余家寿筵婚席，动至五六桌者，传唤外厨，亦不免落套。然训练之，卒范我驰驱者，其味亦终竟不同。

戒 混 浊

混浊者，并非浓厚之谓。同一汤也，望去非黑非白，如缸中搅浑之水。同一卤也，食之不清不腻，如染缸倒出之浆。此种色味，令人难耐。救之之法，总在洗净本身，善加作料，伺察水火，体验酸咸，不使食者舌上有隔皮隔膜之嫌。庾子山[①]论文云："索索无真气，昏昏有俗心。"是即混浊之谓也。

---

① 庾子山：即庾信，北周文学家。原书误作"庾子田"。

戒 苟 且

凡事不宜苟且,而于饮食尤甚。厨者皆小人下材,一日不加赏罚,则一日必生怠玩。火齐未到,而姑且下咽,则明日之菜必更加生。真味已失,而含忍不言,则下次之羹必加草率,且又不止空赏空罚而已也。其佳者,必指示其所以能佳之由;其劣者,必寻求其所以致劣之故。咸淡必适其中,不可丝毫加减,久暂必得其当,不可任意登盘。厨者偷安,吃者随便,皆饮食之大弊。审问、慎思、明辨,为学之方也;随时指点,教学相长,作师之道也。于味何独不然?

海 鲜 单

古八珍,并无海鲜之说。今世俗尚之,不得不吾从众。作《海鲜单》。

燕 窝

燕窝贵物,原不轻用。如用之,每碗必须二两,先用天泉滚水泡之,将银针挑去黑丝,用嫩鸡汤、好火腿汤、新蘑菇三样汤滚之,看燕窝变成玉色为度。此物至清,不可以油腻杂之;此物至文,不可以武物串之。今人用肉丝、鸡丝杂之,是吃鸡丝、肉丝,非吃燕窝也。且徒务其名,往往以三钱生燕窝盖碗面,如白发数茎,使客一撩不见,空剩粗物满碗。真乞儿卖富,反露贫相。不得已,则蘑菇丝、笋尖丝、鲫鱼肚、野鸡嫩片,尚可用也。余到粤东,杨明府冬瓜燕窝甚佳,以柔配柔,以清入清,重用鸡汁、蘑菇汁而已。燕窝皆作玉色①,不纯白也。或打作团,或敲成面,俱属穿凿。

海 参 三 法

海参无味之物,沙多气腥,最难讨好,然天性浓重,断不可

---

① 玉色:原书误作"五色"。

以清汤煨也。须检小刺参,先泡去沙泥,用肉汤滚泡三次,然后以鸡、肉两汁红煨极烂,辅佐则用香蕈、木耳,以其色黑相似也。大抵明日请客,则先一日要煨,海参才烂。常见钱观察家,夏日用芥末、鸡汁拌冷海参丝,甚佳。或切小碎丁,用笋丁、香蕈丁入鸡汤煨作羹。蒋侍郎家用豆腐皮、鸡腿、蘑菇煨海参,亦佳。

鱼 翅 二 法

鱼翅难烂,须煮两日,才能摧刚为柔。用有二法:一用好火腿、好鸡汤,加①鲜笋、冰糖钱许煨烂,此一法也;一纯用鸡汤串细萝卜丝,拆碎鳞翅,搀和其中,飘浮碗面,令食者不能辨其为萝卜丝、为鱼翅,此又一法也。用火腿者,汤宜少;用萝卜丝者,汤宜多。总以融洽柔腻为佳。若海参触鼻,鱼翅跳盘,便成笑话。吴道士家做鱼翅,不用下鳞,单用上半厚根,亦有风味。萝卜丝须出水三次,其臭才去。常在郭耕礼家吃鱼翅炒菜,妙绝!惜未传其方法。

鳆　　鱼

鳆鱼炒薄片甚佳。杨中丞家削片入鸡汤豆腐中,号称"鳆鱼豆腐",上加陈糟油浇之。庄太守用大块鳆鱼煨整鸭,亦别有风趣。但其性坚,终不能齿决,火煨三日,才拆得碎。

---

① 　加:原书误作"如"。

淡　菜

淡菜煨肉加汤颇鲜。取肉去心,酒炒亦可。

海　蝘

海蝘,宁波小鱼也,味同虾米。以之蒸蛋甚佳。作小菜亦可。

乌　鱼　蛋

乌鱼蛋最鲜,最难服事。须河水滚透,撤沙去臊,再加鸡汤、蘑菇煨烂。龚云若司马家制之最精。

江　瑶　柱

江瑶柱出宁波,治法与蚶、蛏同。其鲜脆在柱,故剖壳时多弃少取。

蛎　黄

蛎黄生石子上,壳与石子胶粘不分。剥肉做羹,与蚶、蛤相似。一名鬼眼。乐清、奉化两县土产,别地所无。

江 鲜 单

郭璞《江赋》鱼族甚繁，今择其常有者治之。作《江鲜单》。

刀 鱼 二 法

刀鱼用蜜酒酿、清酱，放盘中，如鲥鱼法蒸之最佳，不必加水。如嫌刺多，则将极快刀刮取鱼片，用钳抽去其刺。用火腿汤、鸡汤、笋汤煨之，鲜妙绝伦。金陵人畏其多刺，竟油炙极枯，然后煎之。谚曰："驼背夹直，其人不活。"此之谓也。或用快刀将鱼背斜切之，使碎骨尽断，再下锅煎黄，加作料。临食时，竟不知有骨。芜湖陶太太法也。

鲥 鱼

鲥鱼用蜜酒蒸食，如治刀鱼之法便佳。或竟用油煎，加清酱、酒酿亦佳。万不可切成碎块加鸡汤煮，或去其背，专取肚皮，则真味全失矣。

鲟 鱼

尹文端公自夸治鲟鳇最佳，然煨之太熟，颇嫌重浊。惟在苏州唐氏吃炒鳇鱼片甚佳。其法：切片油炮，加酒、秋油①滚三

_____

① 秋油即酱油，以下不一一注明。

十次，下水再滚，起锅加作料，重用瓜姜、葱花。又一法：将鱼白水煮十滚，去大骨，肉切小方块；取明骨，切小方块；鸡汤去沫，先煨明骨八分熟，下酒、秋油，再下鱼肉，煨二分烂起锅，加葱、椒、韭，重用姜汁一大杯。

黄　鱼

黄鱼切小块，酱酒郁一个时辰。沥干。入锅爆炒，两面黄，加金华豆豉一茶杯、甜酒一碗、秋油一小杯同滚。候卤干色红，加糖、加瓜姜收起，有沉浸浓郁之妙。又一法：将黄鱼拆碎，入鸡汤作羹，微用甜酱水、纤粉收起之，亦佳。大抵黄鱼亦系浓厚之物，不可以清治之也。

班　鱼

班鱼最嫩，剥皮去秽，分肝、肉二种，以鸡汤煨之，下酒三分、水二分、秋油一分；起锅时，加姜汁一大碗，葱数茎，杀去腥气。

假　蟹

煮黄鱼二条，取肉去骨，加生盐蛋四个，调碎，不拌入鱼肉；起油锅炮，下鸡汤滚，将盐蛋搅匀，加香蕈、葱、姜汁、酒。吃时酌用醋。

特 牲 单

猪用最多,可称"广大教主",宜古人有特豚馈食之礼。作《特牲单》。

猪 头 二 法

洗净五斤重者,用甜酒三斤;七八斤者,用甜酒五斤。先将猪头下锅同酒煮,下葱三十根、八角三钱,煮二百余滚,下秋油一大杯、糖一两,候熟后,尝咸淡,再将秋油加减。添开水要漫过猪头一寸,上压重物;大火烧一炷香,退出大火,用文火细煨收干,以腻为度。烂后即开锅盖,迟则走油。一法:打木桶一个,中用铜帘隔开,将猪头洗净,加作料闷入桶中,用文火隔汤蒸之,猪头熟烂,而其腻垢悉从桶外流出,亦妙。

猪 蹄 四 法

蹄膀一只,不用爪,白水煮烂,去汤;好酒一斤,清酱酒杯半、陈皮一钱、红枣四五个煨烂。起锅时,用葱、椒、酒泼入,去陈皮、红枣,此一法也。又一法:先用虾米煎汤代水,加酒、秋油煨之。又一法:用蹄膀一只,先煮熟,用素油灼皱其皮,再加作料红煨。有土人好先掇食其皮,号称"揭单被"。又一法:用蹄膀一个,两钵合之,加酒,加秋油,隔水蒸之,以二枝香为度,号

"神仙肉"。钱观察家制最精。

猪 爪 猪 筋

专取猪爪,剔去大骨,用鸡肉汤清煨之。筋味与爪相同,可以搭配,有好腿爪亦可搀入。

猪 肚 二 法

将肚洗净,取极厚处,去上下皮,单用中心,切骰子块,滚油炮炒,加作料起锅,以极脆为佳,此北人法也。南人白水加酒,煨二枝香,以极烂为度,蘸①清盐食之亦可;或加鸡汤作料煨烂,熏切亦佳。

猪 肺 二 法

洗肺最难。以洌尽肺管血水,剔去包衣为第一著。敲之仆之,挂之倒之,抽管割膜,工夫最细。用酒水滚一日一夜,肺缩小如一片白芙蓉浮于汤面,再加作料,上口如泥。汤西厓少宰宴客,每碗四片,已用四肺矣。近人无此工夫,只得将肺拆碎,入鸡汤煨烂亦佳;得野鸡汤更妙②。以清配清故也。用好火腿煨亦可。

猪 腰

腰片,炒枯则木,炒嫩则令人生疑,不如煨烂蘸椒盐食之为

---

① 蘸:原书误作"赞"。以下径改,不再一一标出。
② 妙:原书误作"如"。

佳。或加作料亦可。只宜手摘，不宜刀切，但须一日工夫，才得如泥耳。此物只宜独用，断不可搀入别菜用，敢能夺味而惹腥。煨三刻则老，煨一日则嫩。

猪 里 肉

猪里肉精而且嫩，人多不食。尝在扬州谢蕴山太守席上食而甘之。云以里肉切片，用纤粉团成小把，入虾汤中，加香蕈、紫菜清煨，一熟便起。

白 片 肉

须自养之猪，宰后入锅煮到八分熟，泡在汤中一个时辰取起。将猪身上行动之处薄片上桌，不冷不热，以温为度，此是北人擅长之菜。南人效之，终不能佳，且零星市脯亦难用也。寒士请客，宁用燕窝不用白片肉，以非多不可故也。割法：须用小快刀片之，以肥瘦相参，横斜碎杂为佳。与圣人"割不正不食"一语截然相反。其猪身肉之名目甚多，满洲"跳神肉"最妙。

红煨肉三法

或用甜酱，或用秋油，或竟不用秋油、甜酱。每肉一斤，用盐三钱，纯酒煨之；亦有用水者，但须熬干水气。三种治法皆红如琥珀，不可加糖炒色。早起锅则黄，当可则红，过迟则红色变紫，而精肉转硬。常起锅盖则油走，而味都在油中矣。大抵割肉虽方，以烂到不见锋棱，上口而精肉俱化为妙。全以火候为主。谚云："紧火粥，慢火肉。"至哉言乎！

白 煨 肉

每肉一斤,用白水煮八分好,起出去汤,用酒半斤、盐二钱半,煨一个时辰;用原汤一半加入滚干,汤腻为度;再加葱、椒、木耳、韭菜之类①,火先武后文。又一法:每肉一斤,用糖一钱、酒半斤、水一斤、清酱半茶杯,先放酒,滚肉一二十次,加茴香一钱,放水闷烂,亦佳。

油 灼 肉

用硬短勒切方块,去筋襻,酒酱郁过,入滚油中炮炙之,使肥者不腻,精者肉松;将起锅时,加葱、蒜,微加醋喷之。

干 锅 蒸 肉

用小磁钵,将肉切方块,加甜酒、秋油,装大钵内,封口,放锅内,下用文火干蒸之,以两枝香为度。不用水,秋油与酒之多寡,相肉而行,以盖满肉面为度。

盖 碗 装 肉

放手炉上,法与前同。

磁 坛 装 肉

放砻糠中慢煨,法与前同,总须封口。

---

① 之类:原书误作"志类"。

脱 沙 肉

去皮切碎,每一斤用鸡子三个,青黄俱用,调和拌肉,再斩碎;入秋油半酒杯,葱末拌匀,用网油一张裹之;外再用菜油四两,煎两面,起出去油;用好酒一茶杯、清酱半酒杯闷透,提起切片,肉之面上加韭菜、香蕈、笋丁。

晒 干 肉

切薄片精肉,晒烈日中,以干为度。用陈大头菜夹片干炒。

火 腿 煨 肉

火腿切方块,冷水滚三次,去汤沥干;将肉切方块,冷水滚二次,去汤沥干;放清水煨,加酒四两、葱、椒、笋、香蕈。

台 鲞 煨 肉

法与火腿煨肉同。鲞易烂,须先煨肉至八分,再加鲞;凉之则号"鲞冻"。绍兴人菜也。鲞不佳者不必用。

粉 蒸 肉

用精肥参半之肉,炒米粉黄色,拌面酱蒸之,下用白菜作垫,熟时不但肉美,菜亦美。以不见水,故味独全。江西人菜也。

熏煨肉

先用秋油、酒将肉煨好,带汁上木屑,略熏之,不可太久,使干湿参半,香嫩异常。吴小谷广文家制之精极。

芙蓉肉

精肉一斤切片,清酱拖过,风干一个时辰;用大虾肉四十个,猪油二两,切骰子大;将虾肉放在猪肉上,一只虾一块肉,敲扁,将滚水煮熟撩起;熬菜油半斤,将肉片放在有眼铜勺内,将滚油灌熟,再用秋油半酒杯、酒一杯、鸡汤一茶杯,熬滚,浇肉片上;加蒸粉、葱、椒糁上起锅。

荔枝肉

用肉切大骨牌片,放白水煮二三十滚,撩起;熬菜油半斤,将肉放入炮透,撩起;用冷水一激,肉皱,撩起;放入锅内,用酒半斤、清酱一小杯、水半斤煮烂。

八宝肉

用肉一斤,精肥各半,白煮一二十滚,切柳叶片。小淡菜二两、鹰爪二两、香蕈一两、花海蜇二两、胡桃肉四个去皮、笋片四两、好火腿二两、麻油一两。将肉入锅,秋油、酒煨至五分熟,再加余物,海蜇下最在后。

菜花头煨肉

用台心菜嫩蕊,微腌,晒干用之。

炒 肉 丝

切细丝,去筋襻皮骨,用清酱、酒郁片时;用菜油熬起白烟变青烟后,下肉炒匀,不停手;加蒸粉、醋一滴、糖一撮、葱白、韭、蒜之类;只炒半斤,大火,不用水。又一法:用油炮①后,用酱水加酒略煨,起锅红色,加韭菜尤香。

炒 肉 片

将肉精肥各半,切成薄片,清酱拌之。入锅油炒,闻响即加酱、水、葱、瓜、冬笋、韭菜,起锅火要猛烈。

八 宝 肉 圆

猪肉精肥各半,斩成细酱,用松仁、香蕈、笋尖、荸荠、瓜姜之类,斩成细酱,加纤粉和捏成团,放入盘中,加甜酒、秋油蒸之。入口松脆。家致华云:“肉圆宜切不宜斩。”必别有所见。

空 心 肉 圆

将肉捶碎郁过,用冻猪油一小团作馅子,放在团内蒸之,则油流去,而团子空心矣。此法镇江人最善。

---

① 炮:原书作“泡”。

锅 烧 肉

煮熟不去皮，放麻油灼过，切块加盐，或蘸清酱亦可。

酱 肉

先微腌，用面酱酱之，或单用秋油拌郁，风干。

糟 肉

先微腌，再加米糟。

暴 腌 肉

微盐擦揉，三日内即用。

以上三味，皆冬月菜也，春夏不宜。

尹文端公家风肉

杀猪一口，斩成八块，每块炒盐四钱，细细揉擦，使之无微不到。然后高挂有风无日处，偶有虫蚀，以香油涂之。夏日取用，先放水中泡一宵再煮，水亦不可太多太少，以盖肉面为度。削片时，用快刀横切，不可顺肉丝而斩也。此物惟尹府至精，常以进贡。今徐州风肉不及，亦不知何故。

家 乡 肉

杭州家乡肉好丑不同，有上中下三等，大概淡而能鲜，精肉可横咬者为上品。放久即是好火腿。

笋 煨 火 肉

冬笋切方块，火肉切方块，同煨。火腿撤去盐水两遍，再入冰糖煨烂。席武山别驾云："凡火肉煮好后，若留作次日吃者，须留原汤，待次日将火肉投入汤中滚热才好；若干放离汤，则风燥而肉枯，用白水则又味淡。"

烧 小 猪

小猪一个，六七斤重者，钳毛去秽，又上炭火炙之。要四面齐到，以深黄色为度。皮上慢慢以奶酥油涂之，屡涂屡炙。食时酥为上，脆次之，吝①斯下矣。旗人有单用酒、秋油蒸者，亦佳。吾家龙文弟颇得其法。

烧 猪 肉

凡烧猪肉须耐性。先炙里面肉，使油膏走入皮内，则皮松脆而味不走；若先炙皮，则肉上之油尽落火上，皮既焦硬，味亦不佳。烧小猪亦然。

排 骨

取勒条②排骨精肥各半者，抽去当中直骨，以葱代之，炙用

---

① 吝者，韧也。清李光庭《乡言解颐·人部·食工》云："善炙肉不用叉烤……以酥为上，脆次之，吝斯下矣。"

② 勒条：应为"肋条"。

醋、酱,频频刷上,不可太枯。

罗 蓑 肉

以作鸡松法作之,存盖面之皮,将皮下精肉斩成碎团,加作料烹熟。聂厨能之。

端州三种肉[①]

一罗蓑肉。一锅烧白肉,不加作料,以芝麻、盐拌之,切片煨好,以清酱拌之。三种俱宜于家常。端州聂、李二厨所作,特令杨二学之。

杨 公 圆

杨明府作肉圆大如茶杯,细腻绝伦,汤尤鲜洁,入口如酥。大概去筋去节,斩之极细,肥瘦各半,用纤合匀。

黄芽菜煨火腿

用好火腿,削下外皮,去油存肉。先用鸡汤将皮煨酥,再将肉煨酥,放黄芽菜心,连根切段,约二寸许长,加蜜酒酿及水,连煨半日;上口甘鲜,肉菜俱化,而菜根及菜心丝毫不散,汤亦美极。朝天宫道士法也。

---

① 条目说是三种,文中所说却是两种,疑有脱漏。

蜜 火 腿

取好火腿，连皮切大方块，用蜜酒煨极烂，最佳。但火腿好丑、高低判若天渊，虽出金华、兰溪、义乌三处，而有名无实者多；其不佳者，反不如腌肉矣。惟杭州忠清里王三房家四钱一斤者佳。余在尹文端公苏州公馆吃过一次，其香隔户便至，甘鲜异常。此后不能再遇此尤物矣。

杂 牲 单

牛、羊、鹿三牲,非南人家常时有之之物,然制法不可不知。作《杂牲单》。

牛 肉

买牛肉法:先下各铺定钱,凑取腿筋夹肉处,不清不肥;然后带回家中,剔去皮膜,用三分酒、二分水清煨极烂,再加秋油收汤。此太牢独味孤行者也,不可加别物配搭。

牛 舌

牛舌最佳。去皮撕膜,切片入肉中同煨。亦有冬腌风干者,隔年食之,极似好火腿。

羊 头

羊头毛要去净,如去不净,用火烧之。洗净切开,煮烂去骨。其口内老皮俱要去净。将眼睛切成二块,去黑皮,眼珠不用,切成碎丁。取老肥母鸡汤煮之,加香蕈、笋丁、甜酒四两、秋油一杯。如吃辣,用小胡椒十二颗、葱花二十段;如吃酸,用好米醋一杯。

羊　　蹄

煨羊蹄照煨猪蹄法，分红、白二色。大抵用清酱者红，用盐者白。山药配之宜。

羊　　羹

取熟羊肉斩小块，如骰子大，鸡汤煨，加笋丁、香蕈丁、山药丁同煨。

羊　肚　羹

将羊肚洗净煮烂，切丝，用本汤煨之，加胡椒、醋俱可。北人炒法，南人不能如其脆。钱玙沙方伯家锅烧羊肉极佳，将求其法。

红　煨　羊　肉

与红煨猪肉同。加刺眼、核桃，放入去膻，亦古法[①]也。

炒　羊　肉　丝

与炒猪肉丝同。可以用纤。愈细愈佳，葱丝拌之。

烧　羊　肉

羊肉切大块，重五七斤者，铁叉火上烧之。味果甘脆，宜惹

---

① 古法：原书误作"右法"。

宋仁宗夜半之思也。

全　羊

全羊法有七十二种，可吃者，不过十八九种而已。此屠龙之技，家厨难学。一盘一碗虽全是羊肉，而味各不同才好。

鹿　肉

鹿肉不可轻得，得而制之，其嫩鲜在獐肉之上。烧食可，煨食亦可。

鹿　筋　二　法

鹿筋难烂，须三日前先捶煮之，绞出臊水数遍，加肉汁汤煨之，再用鸡汁汤煨；加秋油、酒，微纤收汤，不搀他物，便成白色，用盘盛之。如兼用火腿、冬笋、香蕈同煨，便成红色，不收汤，以碗盛之。白色者加花椒细末。

獐　肉

制獐肉与制牛、鹿同，可以作脯，不如鹿肉之活，而细腻过之。

果　子　狸

果子狸鲜者难得，其腌干者，用蜜酒酿蒸熟，快刀切片上桌。先用米泔水泡一日，去尽盐秽，较火腿觉嫩而肥。

假　牛　乳

用鸡蛋清拌蜜酒酿,打掇入化,上锅蒸之。以嫩腻为主。火候迟便老,蛋清太多亦老。

鹿　　尾

尹文端公品味,以鹿尾为第一。然南方人不能常得。从北京来者,又苦不鲜新。余尝得极大者,用茶叶包而蒸之,味果不同。其最佳处,在尾上一道浆耳。

羽　族　单

鸡功最巨，诸菜赖之。如善人积阴德而人不知，故令领羽族之首，而以他禽附之。作《羽族单》。

白　片　鸡

肥鸡白片，自是太羹玄酒之味，尤宜于下乡村、入旅店，烹饪不及之时，最为省便。煮时水不可多。

鸡　松

肥鸡一只，用两腿，去筋骨，剁碎，不可伤皮。用鸡蛋清、粉纤、松子肉同剁成块。如腿不敷用，添脯①子肉切成方块，用香油灼黄，起放钵头内，加百花酒半斤、秋油一大杯、鸡油一铁勺，加冬笋、香蕈、姜、葱等；将所余鸡骨皮盖面，加水一大碗，下蒸笼蒸透，临吃去之。

生　炮　鸡

小雏鸡斩小方块，秋油、酒拌；临吃时，拿起放滚油内灼之，起锅又灼，连灼三回，盛起，用醋、酒、粉纤、葱花喷之。

---

① 　脯：原书误作"补"。以下径改，不再一一标出。

鸡 粥

肥母鸡一只,用刀将两脯肉去皮细刮,或用刨刀亦可。只可刮刨,不可斩,斩之便不腻矣。再用余鸡熬汤下之。吃时,加细米粉、火腿屑、松子肉,共敲碎放汤内。起锅时,放葱、姜,浇鸡油,或去渣,或存渣,俱可。宜于老人。大概斩碎者去渣,刮刨者不去渣。

焦 鸡

肥母鸡洗净,整下锅煮。用猪油四两、茴香四个,煮成八分熟,再拿香油灼黄,还下原汤熬浓,用秋油、酒、整葱收起。临上片碎,并将原卤浇之,或拌蘸亦可。此杨中丞家法也。方辅兄家亦好。

捶 鸡

将整鸡捶碎,秋油、酒煮之。南京高南昌太守家制之最精。

炒 鸡 片

用鸡脯肉,去皮,斩成薄片。用豆粉、麻油、秋油拌之,纤粉调之,鸡蛋清拌。临下锅加酱、瓜姜、葱花末。须用极旺之火炒。一盘不过四两,火气才透。

蒸 小 鸡

用小嫩鸡雏,整放盘中,上加秋油、甜酒、香蕈、笋尖,饭锅上蒸之。

酱　　鸡

生鸡一只,用清酱浸一昼夜而风干之。此三冬菜也。

鸡　　丁

取鸡脯子,切骰子小块,入滚油炮炒之,用秋油、酒收起,加荸荠丁、笋丁、香蕈丁拌之。汤以黑色为佳。

鸡　　圆

斩鸡脯子肉为团,如酒杯大,鲜嫩如虾团。扬州庄八太爷家制之最精。法用猪油、萝卜、纤粉揉成,不可放馅。

蘑菇煨鸡

口蘑菇四两,开水泡去砂,用冷水漂、牙刷擦,再用清水漂四次,用菜油二两炮透,加酒喷。将鸡斩块放锅内滚去沫,下甜酒、清酱,煨八分功程①,下蘑菇,再煨二分功程,加笋、葱、椒起锅,不用水,加冰糖三钱。

梨　炒　鸡

取雏鸡胸肉切片,先用猪油三两熬熟,炒三四次,加麻油一瓢,纤粉、盐花、姜汁、花椒末各一茶匙,再加雪梨薄片、香蕈小

---

①　程:原书误作"成"。

块,炒三四次起锅,盛五寸盘。

假 野 鸡 卷

将脯子斩碎,用鸡子一个,调清酱郁之。将网油划碎,分包小包,油里炮透,再加清酱、酒、作料、香蕈、木耳起锅,加糖一撮。

黄芽菜炒鸡①

将鸡切块,起油锅生炒透,酒滚二三十次,加秋油后,滚二三十次,下水滚。将菜切块,俟鸡有七分熟,将菜下锅,再滚三分,加糖、葱各料。其菜要另滚熟搀用。每一只用油四两。

栗 子 炒 鸡

鸡斩块,用菜油二两炮,加酒一饭碗、秋油一小杯、水一饭碗,煨七分熟。先将栗子煮熟,同笋下之,再煨三分起锅,下糖一撮。

灼 八 块

嫩鸡一只,斩八块,滚油炮透,去油,加清酱一杯、酒半斤,煨熟便起。不用水,用武火。

---

① 炒鸡:原书误作"俟鸡"。

珍　珠　团

熟鸡脯子，切黄豆大块，清酱、酒拌匀，用干面滚满，入锅炒。炒用素油。

黄芪蒸鸡治瘵

取童鸡未曾生蛋者杀之，不见水，取出肚脏，塞黄芪一两，架箸放锅内蒸之；四面封口，熟时取出。卤浓而鲜，可疗弱症。

卤　　鸡

刚阉鸡一只，肚内塞葱三十条，茴香二钱，用酒一斤、秋油一小杯半，先滚一枝香，加水一斤、脂油二两，一齐同煨。待鸡熟取出脂油。水要用熟水，收浓卤一饭碗才取起，或拆碎，或薄刀片之，仍以原卤拌食。

蒋　　鸡

童子鸡一只，用盐四钱、酱油一匙、老酒半茶杯、姜三大片，放砂锅内隔水蒸烂，去骨，不用水。蒋御史家法也。

唐　　鸡

鸡一只，或二斤，或三斤。如用二斤者，用酒一饭碗、水三饭碗。用三斤者酌添。先将鸡切块，用菜油二两，候滚熟，爆鸡要透。先用酒滚一二十滚，再下水约二三百滚，用秋油一酒杯；起锅时，加白糖一钱。唐静涵家法也。

鸡　　肝

用酒、醋喷炒，以嫩为贵。

鸡　　血

取鸡血为条，加鸡汤、酱、醋、索粉作羹，宜于老人。

鸡　　丝

拆鸡为丝，秋油、芥末、醋拌之。此杭州菜也。加笋、加芹俱可。用笋丝、秋油、酒炒之亦可。拌者，用熟鸡；炒者，用生鸡。

糟　　鸡

糟鸡法与糟肉同。

鸡　　肾

取鸡肾三十个，煮微熟，去皮，用鸡汤加作料煨之，鲜嫩绝伦。

鸡　　蛋

鸡蛋去壳，放碗中，将竹箸打一千回，蒸之绝嫩。凡蛋一煮而老，一千煮而反嫩。加茶叶煮者，以两炷香为度。蛋一百，用盐一两；五十，用盐五钱。加酱煨亦可。其他则或煎或炒俱可。斩碎黄雀蒸之，亦佳。

野 鸡 五 法

野鸡披胸肉,清酱郁过,以网油包,放铁盆上烧之。作方片可,作卷子亦可,此一法也。切片加作料炒,一法也。取胸肉作丁,一法也。当家鸡整煨,一法也。先用油灼,拆丝加酒、秋油、醋,同芹菜冷拌,一法也。生片其肉,入火锅中,登时便吃,亦一法也。其弊在肉嫩则味不入,味入则肉又老。

赤 炖 肉 鸡

赤炖肉鸡,洗切净,每一斤用好酒十二两、盐二钱五分、冰糖四钱,研。酌加桂皮,同入砂锅中,文炭火煨之。倘酒将干,鸡肉尚未烂,每斤酌加清开水一茶杯。

蘑 菇 煨 鸡

鸡肉一斤,甜酒一斤,盐三钱,冰糖四钱,蘑菇用新鲜不霉者,文火煨二枝线香为度。不可用水。先煨鸡八分熟,再下蘑菇。

鸽　　子

鸽子加①好火腿同煨甚佳。不用火肉②亦可。

---

① 　加:原书误作"如"。以下径改,不再一一标出。
② 　火肉:疑为"火腿"之误。

鸽　　蛋

煨鸽蛋法与煨鸡肾同。或煎食亦可，加微醋亦可。

野　　鸭

野鸭切厚片，秋油郁过，用两片雪梨夹住①，炮炒之。苏州包道台家制法最精，今失传矣。用蒸家鸭法蒸之亦可。

蒸　　鸭

生肥鸭去骨，内用糯米一酒杯，火腿丁、大头菜丁、香蕈、笋丁、秋油、酒、小磨麻油、葱花，俱灌鸭肚内；外用鸡汤放盘中，隔水蒸透。此真定魏太守家法也。

鸭　糊　涂

用肥鸭白煮八分熟，冷定去骨，拆成天然不方不圆之块，下原汤内煨，加盐三钱、酒半斤，捶碎山药同下锅作纤。临煨烂时，再加姜末、香蕈、葱花。如要浓汤，加放粉纤。以芋代山药亦妙。

卤　　鸭

不用水，用酒煮。鸭去骨，加作料食之。高要令杨公家法也。

---

① 夹住：原书误作"来往"。

鸭　脯

用肥鸭斩大方块，用酒半斤、秋油一杯、笋、香蕈、葱花焖之，收①卤起锅。

烧　鸭

用雏鸭上叉烧之。冯观察家厨最精。

挂　卤　鸭

塞葱鸭腹，盖闷而烧。水西门许店最精。家中不能作。有黄、黑二色，黄者更妙。

干　蒸　鸭

杭州商人何星举家干蒸鸭，将肥鸭一只洗净，斩八块，加甜酒、秋油、淹满鸭面，放磁罐中封好，置干锅中蒸之。用文炭火，不用水。临上时，其精肉皆烂如泥，以线香二枝为度。

野　鸭　团

细斩野鸭胸前肉，加猪油、微纤，调揉成团，入鸡汤滚之，或用本鸭汤亦佳。大兴孔亲家制之甚精。

---

① 收：原书误作"败"。

徐　鸭

顶大鲜鸭一只，用百花酒十二两、青盐一两二钱、滚水一汤碗，冲化去渣沫，再兑冷水七饭碗，鲜姜四厚片，约重一两，同入大瓦盖钵内，将皮纸封固口，用大火笼烧透大炭吉三元（约二文一个），外用套包一个，将火笼罩定，不可令其走气。约早点时炖起，至晚方好。速则恐其不透，味便不佳矣。其炭吉烧透后，不宜更换瓦钵，亦不宜预先开看。鸭破开时，将清水洗后，用洁净无浆布拭干入钵。

煨　麻　雀

取麻雀五十只，以清酱、甜酒煨之；熟后去爪脚，单取雀胸头肉，连汤放盘中，甘鲜异常。其他鸟鹊俱可类推，但鲜者一时难得。薛生白常劝人勿食人间豢养之物，以野禽味鲜，且易消化。

煨鹩鹑、黄雀

鹩鹑用六合来者最佳，有现成制好者。黄雀用苏州糟加蜜酒煨烂，下作料与煨麻雀同。苏州沈观察煨黄雀，并骨如泥，不知作何制法？炒鱼片亦精。其厨馔之精，合吴门推①为第一。

---

① 推：原书误作"惟"。

云 林 鹅

《倪云林集》中载制鹅法：整鹅一只，洗净后，用盐三钱擦其腹内，塞葱一帚，填实其中，外将蜜拌酒通身满涂之，锅中一大碗酒、一大碗水蒸之，用竹箸架之，不使鹅身近水。灶内用山茅二束，缓缓烧尽为度。俟锅盖冷后，揭开锅盖，将鹅翻身，仍将锅盖封好蒸之。再用茅柴一束，烧尽为度。柴俟其自尽，不可挑拨。锅盖用绵纸糊封，逼燥裂缝，以水润之。起锅时，不但鹅烂如泥，汤亦鲜美。以此法制鸭，味美亦同。每茅柴一束，重一斤八两。擦盐时，串入葱、椒末子，以酒和匀。《云林集》中载食品甚多，只此一法试之颇效，余俱附会。

烧 鹅

杭州烧鹅为人所笑，以其生也。不如家厨自烧为妙。

水族有鳞单

鱼皆去鳞，惟鲥鱼不去。我道有鳞而鱼形始全。作《水族有鳞单》。

边　鱼

边鱼活者，加酒、秋油蒸之，玉色为度。一作呆白色，则肉老而味变矣。并须盖好，不可受锅盖上之水气。临起，加香蕈、笋尖，或用酒煎亦佳。用酒不用水，号"假鲥鱼"。

鲫　鱼

鲫鱼先要善买。择其扁身而带白色者，其肉嫩而松，熟后一提，肉即卸骨而下。黑脊浑身者，崛强槎枒，鱼中之喇子也，断不可食。照边鱼蒸法最佳，其次煎吃亦妙。拆肉下可以作羹。通州人能煨之，骨尾俱酥，号"酥鱼"，利小儿食。然总不如蒸食之得真味也。六合龙池出者，愈大愈嫩，亦奇。蒸时用酒不用水，小小用糖，以起其鲜。以鱼之小大酌量秋油、酒之多寡。

白　鱼

白鱼肉最细，用糟鲥鱼同蒸之最佳。或冬日微腌，加酒酿糟二日亦佳。余在江中得网起活者，用酒蒸食，美不可言。糟之最佳，不可太久，久则肉木矣。

季　　鱼

季鱼少骨，炒片最佳。炒者以片薄为贵。用秋油细郁后，用纤粉、蛋清搰之，入油锅炒，加作料炒之。油用素油。

土　步　鱼

杭州以土步鱼为上品，而金陵人贱之，目为虎头蛇，可发一笑。肉最松嫩，煎之、煮之、蒸之俱可。加腌芥作汤、作羹尤鲜。

鱼　　松

用青鱼、鲩鱼蒸熟，将肉拆下，放油锅中灼之，黄色，加盐花、葱、椒、瓜姜。冬日封瓶中，可以一月。

鱼　　圆

用白鱼、青鱼活者，破半钉板上，用刀刮下肉，留刺在板上。将肉斩化，用豆粉、猪油拌，将手搅之。放微微盐水，不用清酱。加葱、姜汁作团，成后，放滚水中煮熟，撩起，冷水养之。临吃，入鸡汤、紫菜滚。

鱼　　片

取青鱼、季鱼片，秋油郁之，加纤粉、蛋清，起油锅炮炒，用小盘盛起，加葱、椒、瓜姜。极多不过六两，太多则火气不透。

连 鱼 豆 腐①

用大连鱼煎熟,加豆腐,喷酱水,葱、酒滚之,俟汤色半红起锅。其头味尤美。此杭州菜也。用酱多少,须相鱼而行。

醋 搂 鱼

用活青鱼,切大块,油灼之,加酱、醋、酒喷之。汤多为妙。俟熟即速起锅。此物杭州西湖上五柳居最有名,而今则酱臭而鱼败矣。甚矣! 宋嫂鱼羹,徒存虚名,《梦粱录》不足信也。鱼不可大,大则味不入;不可小,小则刺多。

银 鱼

银鱼起水时名冰鲜,加鸡油、火腿煨之,或炒食甚嫩。干者泡软,用酱水炒,亦妙。

台 鲞

台鲞好丑不一,出台州松门者为佳,肉软而鲜肥。生时拆之,便可当作小菜,不必煮食也。用鲜肉同煨,须肉烂时放鲞,否则鲞消化不见矣。冻之即为鲞冻,绍兴人法也。

糟 鲞②

冬日用大鲤鱼,腌而干之,入酒糟,置坛中,封口。夏日食

---

① 连鱼豆腐:应为"鲢鱼豆腐"。
② 原书误作"糖鲞"。

之。不可烧酒作泡,用烧酒者不无辣味。

虾 子 勒 鲞

夏日选白净带子勒鲞,放水中一日,泡去盐味,太阳晒干,入锅油煎,一面黄取起。以一面未黄者铺上虾子,放盘中,加白糖蒸之,一炷香为度。三伏日食之,绝妙。

鱼 脯

活青鱼去头尾,斩小方块,盐腌透,风干;入锅油煎,加作料收卤,再炒芝麻滚拌起锅。苏州法也。

家 常 煎 鱼

家常煎鱼,须要耐性。将鲩鱼洗净,切块盐腌,压扁,入油中,两面熯黄。多加酒、秋油,文火慢慢滚之,然后收汤作卤,使作料之味全入鱼中。第此法指鱼之不活者而言。如活者,又以速起锅为妙。

黄 姑 鱼

徽州出小鱼,长二三寸,晒干寄来,加酒剥皮,放饭锅上蒸而食之,味最鲜,号"黄姑鱼"。

水族无鳞单

鱼无鳞者,其腥加倍,须加意烹饪,以姜、桂胜之。作《水族无鳞单》。

汤　鳗

鳗鱼最忌出骨。因此物性本腥重,不可过于摆布,失其天真,犹鲥鱼之不可去鳞也。清煨者,以河鳗一条,洗去滑涎,斩寸为段,入磁罐中,用酒水煨烂,下秋油起锅,加冬腌新芥菜作汤,重用葱、姜之类以杀其腥。常熟顾比部家用纤粉、山药干煨,亦妙。或加作料直置盘中蒸之,不用水。家致华分司蒸鳗最佳。秋油、酒四六兑,务使汤浮于本身。起笼时,尤要恰好,迟则皮皱味失。

红　煨　鳗

鳗鱼用酒水煨烂,加甜酱代秋油,入锅收汤煨干,加茴香、大料起锅。有三病宜戒者:一皮有皱纹,皮便不酥;一肉散碗中,箸夹不起;一早下盐豉,入口不化。扬州朱分司家制之最精。大抵红煨者,以干为贵,使卤味收入鳗肉中。

炸　　鳗

择鳗鱼大者去首尾,寸断之。先用麻油炸熟取起,另将鲜蒿菜嫩尖入锅中,仍用原油炒透,即以鳗鱼平铺菜上,加作料煨一炷香。蒿菜分量鱼减半。

生 炒 甲 鱼

将甲鱼去骨,用麻油炮炒之,加秋油一杯、鸡汁一杯。此真定魏太守家法也。

酱 炒 甲 鱼

将甲鱼煮半熟,去骨,起油锅炮炒,加酱水、葱、椒,收汤成卤,然后起锅。此杭州法也。

带 骨 甲 鱼

要一个半斤重者,斩四块,加脂油二两,起油锅煎两面黄,加水、秋油、酒煨。先武火,后文火,至八分熟,加蒜起锅,用葱、姜、糖。甲鱼宜小不宜大,俗号"童子脚鱼"才嫩。

青 盐 甲 鱼

斩四块,起油锅炮透。每甲鱼一斤,用酒四两、大茴香三钱、盐一钱半,煨至半好,下脂油二两,切小豆块,再煨;加蒜头、笋尖;起时,用葱、椒,或用秋油,则不用盐。此苏州唐静涵家法。甲鱼大则老,小则腥,须买其中样者。

汤煨甲鱼

将甲鱼白煮，去骨拆碎，用鸡汤、秋油、酒煨汤二碗，收至一碗，起锅，用葱、椒、姜末糁之。吴竹屿家制之最佳。微用纤才得汤腻。

全壳甲鱼

山东杨参将家制甲鱼，去首尾，取肉及裙，加作料煨好，仍以原壳覆之。每宴客，一客之前以小盘献一甲鱼，见者悚然，犹虑其动。惜未传其法。

鳝丝羹

鳝鱼者半熟，划丝去骨，加酒、秋油煨之，微用纤粉，用真金菜、冬瓜、长葱为羹。南京厨者，辄制鳝为炭，殊不可解。

炒鳝

拆鳝丝，炒之略焦，如炒肉鸡之法。不可用水。

段鳝

切鳝以寸为段，照煨鳗法煨之。或先用油炙使坚，再以冬瓜、鲜笋、香蕈作配，微用酱水，重用姜汁。

虾

虾圆^①照鱼圆^②法,鸡汤煨之,干炒亦可。大概捶虾时不宜过细,恐失真味。鱼圆^③亦然。或竟剥虾肉,以紫菜拌之亦佳。

虾　　饼

以虾捶烂,团而煎之,即为虾饼。

醉　　虾

带壳,用酒炙黄,捞起,加清酱、米醋煨之,用碗闷之。临食,放盘中,其壳俱酥。

炒　　虾

炒虾照炒鱼法,可用韭配。或加冬腌芥菜,则不可用韭矣。有捶扁其尾单炒者,亦觉新异。

蟹

蟹宜独食,不宜搭配他物,最好以淡盐汤煮熟,自剥自食为妙。蒸者味虽全,而失之太淡。

蟹　　羹

剥蟹为羹,即用原汤煨之,不加鸡汁,独用为妙。见俗厨从

---

① 虾圆:原书误作"虾元"。

②③ 鱼圆:原书误作"鱼元"。

中加鸭舌，或鱼翅，或海参者，徒夺其味而惹其腥恶，劣极矣！

炒 蟹 粉

以现剥现炒之蟹为佳，过两个时辰则肉干而味失。

剥 壳 蒸 蟹

将蟹剥壳，取肉取黄，仍置壳中，放五六只在生鸡蛋上蒸之。上桌时完然一蟹，惟去爪脚。比炒蟹粉觉有新色。杨兰坡明府以南瓜肉拌蟹，颇奇。

蛤 蜊

剥蛤蜊肉，加韭菜炒之佳。或为汤亦可。起迟便枯。

蚶

蚶有三吃法：用热水喷之半熟，去盖，加酒、秋油醉之；或用鸡汤滚熟，去盖入汤；或全去其盖作羹亦可。但宜速起，迟则肉枯。蚶出奉化县，品在蛼螯、蛤蜊之上。

蛼 螯

先将五花肉切片，用作料闷烂。将蛼螯洗净，麻油炒，仍将肉片连卤烹之。秋油要重些，方得有味。加豆腐亦可。蛼螯从扬州来，虑坏，则取壳中肉置猪油中，可以远行。有晒为干者亦佳。入鸡汤烹之，味在蛏干之上。捶烂蛼螯作饼，如虾饼样煎吃，加作料亦佳。

程泽弓蛏干

程泽弓商人家制蛏干,用冷水泡一日,滚水煮两日,撤汤五次。一寸之干发开有二寸,如鲜蛏一般,才入鸡汤煨之。扬州人学之,俱不能及。

鲜　蛏

烹蛏法与蝉螯同,单炒①亦可。何春巢家蛏汤豆腐之妙,竟成绝品。

水　鸡

水鸡去身用腿,先用油灼之,加秋油、甜酒、瓜姜起锅。或拆肉炒之,味与鸡相似。

熏　蛋

将鸡蛋加作料煨好,微微熏干,切片放盘中,可以佐膳。

茶　叶　蛋

鸡蛋百个,用盐一两,粗茶叶煮,两枝线香为度。如蛋五十个,只用五钱盐,照数加减,可作点心。

---

① 炒:原书误作"妙"。

杂 素 菜 单

菜有荤素,犹衣有表里也。富贵之人嗜素,甚于嗜荤。作《素菜单》。

蒋侍郎豆腐

豆腐两面去皮,每块切成十六片,亮干。用猪油熬,清烟起才下豆腐,略洒盐花一撮;翻身后,用好甜酒一茶杯、大虾米一百二十个,如无大虾米,用小虾米三百个;先将虾米滚泡一个时辰,秋油一小杯,再滚一回,加糖一撮,再滚一回,用细葱半寸许长、一百二十段,缓缓起锅。

杨中丞豆腐

用嫩腐煮去豆气,入鸡汤,同鳆鱼片滚数刻,加糟油、香蕈起锅。鸡汁须浓,鱼片要薄。

张 恺 豆 腐

将虾米捣碎入豆腐中,起油锅,加作料干炒。

庆 元 豆 腐

酱豆豉一茶杯,水泡烂,入豆腐同炒起锅。

芙 蓉 豆 腐

用腐脑,放井水泡三次,去豆气,入鸡汤中滚;起锅时,加紫菜、虾肉。

王太守八宝豆腐

用嫩片切粉碎,加香蕈屑、蘑菇屑、松子仁屑、瓜子仁屑、鸡屑、火腿屑,同入浓鸡汁中炒滚起锅。用腐脑亦可。用瓢不用箸。孟亭太守云:"此圣祖赐徐健庵尚书方也。尚书取方时,御膳房费一千两。"太守之祖楼村先生为尚书门生,故得之。

程立万豆腐

乾隆廿三年,同金寿门在扬州程立万家食煎豆腐,精绝无双。其腐两面黄干,无丝毫卤汁,微有蝤蛑鲜味,然盘中并无蝤蛑及他杂物也。次日告查宣门。查曰:"我能之。我当特请。"已而,同杭董莆同食于查家,则上箸大笑。乃纯是鸡雀脑为之,并非真豆腐,肥腻难耐矣。其费十倍于程,而味远不及也。惜其时余以妹丧急归,不及向程求方。程逾年亡。至今悔之,仍存其名,以俟再访。

冻 豆 腐

将豆腐冻一夜,切方块,滚去豆味,加鸡汤汁、火腿汁、肉汁煨之。上桌时,撤去鸡、火腿之类,单留香蕈、冬笋。豆腐煨久,则松,面起蜂窝,如冻腐矣。故炒腐宜嫩,煨者宜老。家致华分司用蘑菇煮豆腐,虽夏月亦照冻腐之法,甚佳。切不可加荤汤,致失清味。

虾 油 豆 腐

取陈虾油代清酱炒豆腐,须两面熯黄。油锅要热,用猪油、葱、椒。

蓬 蒿 菜

取蒿尖,用油灼瘪,放鸡汤中滚之,起时加松菌百枚。

蕨 菜

用蕨菜不可爱惜,须尽去其枝叶,单取直根,洗净煨烂,再用鸡肉汤煨。必买关东者才肥。

葛 仙 米

将米细检淘净,煮半烂,用鸡汤、火腿汤煨。临上时,要只见米,不见鸡肉、火腿搀和才佳。此物陶方伯家制之最精。

羊 肚 菜

羊肚菜出湖北,食法与葛仙米同。

石 发

制法与葛仙米同。夏日用麻油、醋、秋油拌之亦佳。

珍 珠 菜

制法与蕨菜同。上江新安所出。

素 烧 鹅

煮烂山药,切寸为段,腐皮包,入油煎之;加秋油、酒、糖、瓜姜,以色红为度。

韭

韭,荤物也,专取韭白,加虾米炒之便佳。或用鲜虾亦可,鳖亦可,肉亦可。

芹

芹,素物也,愈肥愈妙。取白根炒之,加笋,以熟为度。今人有以炒肉者,清浊不伦。不熟者,虽脆无味。或生拌野鸡,又当别论。

豆 芽

豆芽柔脆,余颇爱之。炒须熟烂,作料之味才能融洽。可配燕窝,以柔配柔,以白配白故也。然以其贱而陪极贵,人多嗤之,不知惟巢由正可陪尧舜耳。

茭

茭白炒肉、炒鸡俱可。切整段,酱、醋炙之尤佳。煨肉亦佳。须切片，以寸为度。初出太细者无味。

青　菜

青菜择嫩者，笋炒之。夏日芥末拌，加微醋，可以醒胃。加火腿片，可以作汤。亦须现拔者才软。

台　菜①

炒台菜心最懦，剥去外皮，入蘑菇、新笋作汤。炒食，加虾肉亦佳。

白　菜

白菜炒食，或笋煨亦可。火腿片煨、鸡汤俱可。

黄　芽　菜

此菜以北方来者为佳，或用醋搂，或加虾米煨之。一熟便吃，迟则色味俱变。

瓢　儿　菜

炒瓢菜心，以干鲜无汤为贵，雪压后更软。王孟亭太守家制之最精。不加别物，宜用荤油。

波　菜

波菜肥嫩，加酱水、豆腐煮之。杭人名"金镶白玉板"是也。

---

① 台菜：即薹菜。台通"薹"。

如此种菜，虽瘦而肥，可不必再加笋尖、香蕈。

蘑　菇

蘑菇不止作汤，炒食亦佳。但口蘑最易藏沙，更易受霉，须藏之得法，制之得宜。鸡腿蘑便易收拾，亦复讨好。

松　菌

松菌加口蘑炒最佳，或单用秋油泡食亦妙，惟不便久留耳。置各菜中，俱能助鲜。可入燕窝作底垫，以其嫩也。

面　筋　二　法

一法，面筋入油锅炙枯，再用鸡汤蘑菇清煨。一法，不炙，用水泡，切条入浓鸡汁炒之，加冬笋、天花。章淮树观察家制之最精。上盘时，宜毛撕，不宜光切。加虾米泡汁，甜酱炒之甚佳。

茄　二　法

吴小谷广文家，将整茄子削皮，滚水泡去苦汁，猪油炙之。炙时须待泡水干后，用甜酱水干煨甚佳。卢八太爷家，切茄作小块，不去皮，入油灼微黄，加秋油炮炒，亦佳。是二法者，俱学之而未尽其妙。惟蒸烂划开，用麻油、米醋拌，则夏间亦颇可食。或煨干作脯，置盘中。

苋　羹

苋须细摘嫩尖干炒,加虾米或虾仁更佳。不可见汤。

芋　羹

芋性柔腻,入荤入素俱可。或切碎作鸭羹,或煨肉,或同豆腐加酱水煨。徐兆璜明府家,选小芋子入嫩鸡煨汤,妙极。惜其制法未传。大抵只用作料,不用水。

豆　腐　皮

将腐皮泡软,加秋油、醋、虾米拌之,宜于夏日。蒋侍郎家,入海参用,颇妙。加紫菜、虾肉作汤亦相宜。或用蘑菇、笋煨清汤亦佳,以烂为度。芜湖敬修和尚,将腐皮卷筒切段,油中微炙,入蘑菇煨烂极佳。不可加鸡汤。

扁　豆

取现采扁豆,用肉汤炒之,去肉存豆。单炒者,油重为佳。以肥软为贵,毛糙而瘦薄者,瘠土所生,不可食。

瓠子、王瓜

将鲩鱼切片先炒,加瓠子同酱汁煨。王瓜[①]亦然。

---

① 王瓜即黄瓜。《群芳谱》谓:"黄瓜一名胡瓜。"《拾遗录》云:"大业四年,避讳改为黄瓜,俗又呼为王瓜。"

煨[①]木耳、香蕈

扬州定慧庵僧,能将木耳煨二分厚,香蕈煨三分厚。先取蘑菇蓬熬汁为卤。

冬　瓜

冬瓜之用最多,拌燕窝、鱼、肉、鳗、鳝、火腿皆可。扬州定慧庵所制尤佳,红如血珀,不用荤汤。

煨 鲜 菱

煨鲜菱,以鸡汤滚之。上时,将汤撤去一半,池中现起者才鲜,浮水面者才嫩。加新粟、白果煨烂尤佳,或用糖亦可,作点心亦可。

缸　豆

缸豆炒肉,临上时去肉存豆。以极嫩者抽去其筋。

煨 三 笋

将天目笋、冬笋、问政笋煨入鸡汤,号"三笋羹"。

芋 煨 白 菜

芋煨极烂,入白菜心烹之,加酱水调和,家常菜之最佳者。惟白菜须新摘肥嫩者,色青则老,摘久则枯。

---

① 煨:原书误作"煿"。

83

香 珠 豆

毛豆至八九月间晚收者,最阔大而嫩,号"香珠豆"。煮熟,以秋油、酒泡之;出壳可,带壳亦可,香软可爱。寻常之豆不可食也。

马 兰

马兰头菜摘取嫩者,醋合笋拌食。油腻后食之,可以醒脾。

杨 花 菜

南京三月有杨花菜,柔脆与菠菜相似,名甚雅。

问 政 笋 丝

问政笋,即杭州笋也。徽州人送者,多是淡笋干,只好泡烂切丝,用鸡肉汤煨用。龚司马取秋油煮笋,烘干上桌,徽人食之,惊为异味。余笑其如梦之方醒也。

炒鸡腿蘑菇

芜湖大庵和尚,洗净鸡腿,蘑菇去沙,加秋油、酒炒熟,盛盘宴客,甚佳。

猪油煮萝卜

用熟猪油炒萝卜,加虾米煨之,以极熟为度。临起,加葱花,色如琥珀。

小　菜　单

小菜佐食，如府史胥徒佐六官也。醒脾、解浊全在于斯。作《小菜单》。

笋　脯

笋脯出处最多，以家园所烘为第一。取鲜笋加盐煮熟，上篮烘之，须昼夜环看，稍火不旺则溲矣。用清酱者色微黑。春笋、冬笋皆可为之。

天　目　笋

天目笋多在苏州发卖。其篓中盖面者最佳，下二寸便搀入老根硬节矣。须出重价，专买其盖面者数十条，如集狐成腋之义。

玉　兰　片

以冬笋烘片，微加蜜焉。苏州孙春杨家有盐、甜二种，以盐者为佳。

素　火　腿

处州笋脯号"素火腿"，即处片也。久之太硬，不如买毛笋自烘之为妙。

宣 城 笋 脯

宣城笋尖色黑而肥,与天目笋大同小异,极佳。

人 参 笋

制细笋如人参形,微加蜜水,扬州人重之,故价颇贵。

笋 油

笋十斤,蒸一日一夜,穿通其节,铺板上,如作豆腐法。上加一板压而榨①之,使汁水流出,加炒盐一两,便是笋油。其笋晒干,仍可作脯。天台僧制以送人。

糟 油

糟油出太仓州愈佳。

虾 油

买虾子数斤,同秋油入锅熬之,起锅用布沥出秋油,仍将布包虾子,同放罐中盛油。

喇 虎 酱

秦椒捣烂,和甜酱蒸之,可用虾米搀入。

---

① 榨:原书作"筰"。以下径改,不再一一标出。

熏　鱼　子

熏鱼子色如琥珀，以油重为贵，出苏州孙春杨家，愈新愈妙，陈则味变而油枯。

腌冬菜、黄芽菜

腌冬菜、黄芽菜，淡则味鲜，咸则味恶；然欲久放，则非盐不可。常腌一大坛，三伏时开之，上半截虽臭烂，而下半截香美异常，色白如玉。甚矣！相士之不可但观皮毛也。

莴　苣

食莴苣有二法：新酱者松脆可爱；或腌之为脯，切片食甚鲜。然必以淡为贵，咸则味恶矣。

香　干　菜

春芥心风干，取梗淡腌，晒干，加酒、加糖、加秋油，拌后，再加蒸之，风干入瓶。

冬　芥

冬芥，名"雪里红"。一法整腌，以淡为佳；一法取心风干，斩碎，腌入瓶中。熟后，杂鱼羹中，极鲜。或用醋煨①，入锅中作辨菜亦可。煮鳗、煮鲫鱼最佳。

---

① 煨：原书误作"熨"。

春　芥

取芥心风干，斩碎。腌熟入瓶，号称"挪菜"。

芥　头

芥根切片，入菜同腌，食之甚脆。或整腌晒干作脯，食之尤妙。

芝　麻　菜

腌芥晒干，斩之碎极，蒸而食之，号"芝麻菜"，老人所宜。

腐　干　丝

将好腐干切丝极细，以虾子、秋油拌之。

风　瘪　菜

将冬菜取心风干，腌后榨出卤，小瓶装之，泥封其口，倒放灰上。夏食之，其色黄，其臭①香。

糟　菜

取腌过风瘪菜，以菜叶包之，每一小包铺一面香糟，重叠放坛内。取食时，开包食之，糟不沾菜，而菜得糟味。

---

① 臭：原书作"嗅"。

酸　　菜

冬菜心风干，微腌，加糖、醋、芥末，带卤入罐中，微加秋油亦可。席间醉饱之余食之，醒脾解酒。

台　菜　心

取春日台菜心腌之，榨出其卤，装小瓶之中。夏日食之。风干其花即名"菜花头"，可以烹肉。

大　头　菜

大头菜出南京承恩寺，愈陈愈佳。入荤菜中，最能发鲜。

萝　　卜

萝卜取肥大者，酱一二日即吃，甜脆可爱。有侯尼能制为鲞，剪①片如蝴蝶，长至丈许，连翩不断，亦一奇也。承恩寺有卖者，用醋为之，以陈为妙。

乳　　腐

乳腐以苏州温将军庙前者为佳，黑色而味鲜，有干、湿二种。有虾子腐亦鲜，微嫌腥耳。广西白乳腐最佳。王库官家制亦妙。

---

① 剪：原书误作"煎"。

酱 炒 三 果

核桃、杏仁去皮,榛子不必去皮。先用油炮脆,再下酱,不可太焦。酱之多少,亦须相物而行。

酱 石 花

将石花洗净入酱中,临吃时再洗,一名"麒麟菜"。

石 花 糕

将石花熬烂作膏,仍用刀画开,色如蜜蜡。

小 松 菌

将清酱同松菌入锅滚熟收起,加麻油入罐中。可食二日,久则味变。

吐 蛈

吐蛈出兴化、泰兴,有生成极嫩者,用酒酿浸之,加糖,则自吐其油,名为"泥螺",以无泥为佳。

海 蜇

用嫩海蜇,甜酒浸之,颇有风味。其光者名为"白皮",作丝,酒、醋同拌。

虾 子 鱼

子鱼出苏州，小鱼生而有子。生时烹食之，较美于鲞。

酱 姜

生姜取嫩者微腌，先用粗酱套之，再用细酱套之，凡三套而味成。古法：用蝉退[①]一个入酱，则姜久而不老。

酱 瓜

酱瓜腌后，风干入酱，如酱姜之法。不难其甜，而难其脆。杭州施鲁箴家制之最佳。据云：酱后晒干又酱，故皮薄而皱，上口脆。

新 蚕 豆

新蚕豆之嫩者，以腌芥菜炒之，甚妙。随采随食方佳。

腌 蛋

腌蛋以高邮为佳，颜色细而油多。高文端公最喜食之。席间，先夹取以敬客。放盘中，总宜切开带壳，黄白兼用；不可存黄去白，使味不全，油亦走散。

混 套

将鸡蛋外壳微敲一小洞，将清黄倒出，去黄用清，加浓鸡卤

---

① 蝉退：应为"蝉蜕"。即蝉壳。

煨就者拌入,用箸打良久,使之融化,仍装入蛋壳中,上用纸封好,饭锅蒸熟,剥去外壳,仍浑然一鸡卵也,味极鲜。

菱 瓜 脯

菱瓜入酱,取起风干,切片成脯,与笋脯一似。

牛 首 腐 干

豆腐干以牛首僧制者为佳,但山下卖此物者有七家,惟晓堂和尚家所制方妙。

酱 王 瓜

王瓜初生时,择细者腌之入酱,脆而鲜。

点 心 单

梁昭明以点心为小食,郑修嫂劝叔且点心,由来旧矣。作《点心单》。

鳗 面

大鳗一条蒸烂,拆肉去骨,和入面中,入鸡汤清揉之,擀成面皮,小刀划成细条,入鸡汁、火腿汁、蘑菇汁滚。

温 面

将细面下汤沥干,放碗中,用鸡肉、香蕈浓卤,临吃各自取瓢加上。

鳝 面[①]

熬鳝成卤,加面再滚。此杭州法。

裙 带 面

以小刀截面成条,微宽,则号"裙带面"。大概作面总以汤多卤重、在碗中望不见面为妙。宁使食毕再加,以便引人入胜。

---

① 原书标题脱漏。

此法扬州盛行,恰甚有道理。

素 面

先一日将蘑菇蓬熬汁,定清;次日将笋熬汁,加面滚上。此法扬州定慧庵僧人制之极精,不肯传人。然其大概亦可仿求。其汤纯黑色,或云暗用虾汁、蘑菇原汁,只宜澄去泥沙,不重换水,一换水则原味薄矣。

蓑 衣 饼

干面用冷水调,不可多揉,擀①薄后卷拢,再擀②薄了,用猪油、白糖铺匀,再卷拢,擀③成薄饼,用猪油煤黄。如要盐的,用葱、椒、盐亦可。

虾 饼

生虾肉、葱、盐、花椒、甜酒脚少许,加水和面,香油灼透。

薄 饼

山东孔藩台家制薄饼,薄若蝉翼,大若茶盘,柔腻绝伦。家人如其法为之,卒不能及,不知何故。秦人制小锡罐装饼三十张,每客一罐,饼小如柑,罐有盖,可以贮。馅④用炒肉丝,其细如发;葱亦如之。猪羊并用,号曰"西饼"。

---

① ② ③ 擀:原书误为"幹"。
④ 馅:原书误作"煖"。

松　　饼

南京莲花桥教门方店最精。

面　老　鼠

以热水和面，俟鸡汁滚时，以箸夹入，不分大小，加活菜心，别有风味。

颠不棱　　即肉饺也

糊面摊开，裹肉为馅蒸之。其讨好处，全在作馅得法，不过肉嫩去筋加作料而已。余到广东，吃官镇台颠不棱，甚佳。中用肉皮煨膏为馅，故觉软美。

肉　馄　饨

作馄饨与饺同。

韭　　合

韭白拌肉加作料，面皮包之，入油灼之。面内加酥更妙。

面　　衣

糖水糊面，起油锅令热，用箸夹入，其作成饼形者，号"软锅饼"。杭州法也。

烧　饼

用松子、胡桃仁敲碎,加水、糖屑、脂油和面炙之,以两面黄为度,而加芝麻。扣儿会做。面罗至四五次,则白如雪矣。须用两面锅,上下放火,得奶酥更佳。

千 层 馒 头

杨参戎家制馒头,其白如雪,揭之如有千层,金陵人不能也。其法扬州得半,常州、无锡亦得其半。

面　茶

熬粗茶汁,炒面兑入,加芝麻酱亦可,加牛乳亦可,微加一撮盐。无乳则加奶酥、奶皮亦可。

酪①

捶杏仁作浆,挍去渣,拌粉,加糖熬之。

粉　衣

如作面衣之法,加糖、加盐俱可,取其便也。

竹　叶　粽

取竹叶裹白糯米煮之,尖小如初生菱角。

---

① 应为"杏酪"。疑脱漏"杏"字。

萝 卜 汤 圆

罗卜刨丝,滚熟去臭气,微干,加葱、酱拌之,于粉团中作馅;再用麻油灼之,汤滚亦可。春圃方伯家制罗卜饼,扣儿学会,可照此法作韭菜饼、野鸡饼试之。

水 粉 汤 圆

用水粉和作汤圆,滑腻异常。中用松仁、核桃、猪油、糖作馅;或嫩肉去筋丝捶烂,加葱末、秋油作馅亦可。作水粉法:以糯米浸水中一日夜,带水磨之,用布盛接,布下加灰,以去其渣,取细粉晒干用。

脂 油 糕

用纯糯粉拌脂油,放盘中蒸熟,加冰糖捶碎入粉中,蒸好用[①]切开。

雪 花 糕

蒸糯饭捣烂,用芝麻屑加糖为馅,打成一饼,再切方块。

软 香 糕

软香糕,以苏州都林桥为第一;其次虎丘糕,西施家为第二;南京南门外报恩寺则第三矣。

---

① 此处疑脱漏“刀”字。

百　果　糕

杭州北关外卖者最佳。以粉糯多松仁、胡桃,而不放橙丁^①者为妙。其甜处,非蜜非糖,可暂可久,家中不能得其法。

栗　　糕

煮栗极烂,以纯糯粉加糖为糕蒸之,上加瓜仁、松子,此重阳小食也。

青糕、青团

捣^②青草为汁,和粉作粉团,色如碧玉。

合　欢　饼

蒸糯为饭,以木印印之,如小珙璧状,入铁架熯之。微用油,方不粘架。

鸡　豆　糕

研碎鸡豆,用微粉为糕,放盘中蒸之。临食,用小刀片开。

鸡　豆　粥

磨碎鸡豆为粥,鲜者最佳,陈者亦可;加山药、茯苓尤妙。

---

① 橙丁:原书误为"橙下"。
② 捣:原书误为"抱"。

金　团

杭州金团,凿木为桃、杏、元宝之状,和粉搦成,入木印中便成。其馅不拘荤素。

藕粉、百合粉

藕粉非自磨者,信之不真。百合粉亦然。

麻　团

蒸糯米捣烂为团,用芝麻屑拌糖作馅。

芋　粉　团

磨芋粉晒干,和米粉用之。朝天宫道士制芋粉团,野鸡馅,极佳。

熟　藕

藕须贯米加糖自煮,并汤极佳。外卖者多用灰水,味变,不可食也。余性爱食嫩藕,虽软熟,而以齿决,故味在也。如老藕,一煮成泥,便无味矣。

新栗、新菱

新出之栗烂煮之,有松子仁香。厨人不肯煨烂,故金陵人有终身不知其味者。新菱亦然。金陵人待其老方食故也。

莲　子

建莲虽贵，不如湖莲之易煮也。大概小熟抽心去皮后，下汤用文火煨之，闷住合盖，不可开视，不可停火。如此两炷香，则莲子熟时不生骨矣。

芋

十月天晴时，取芋子、芋头晒之极干，放草中，勿使冻伤。春间煮食，有自然之甘，俗人不知。

萧美人点心

仪真南门外萧美人善制点心，凡馒头、糕、饺之类，小巧可爱，洁白如雪。

刘方伯月饼

用山东飞面作酥为皮，中用松仁、核桃仁、瓜子仁为细末，微加冰糖和猪油作馅。食之，不觉甚甜，而香松柔腻，迥异寻常。

陶方伯十景点心

每至年节，陶方伯夫人手制点心十种，皆山东飞面所为，奇形诡状，五色纷披，食之皆甘，令人应接不暇。萨制军云："吃孔方伯薄饼而天下之薄饼可废，吃陶方伯十景点心而天下之点心可废。"自陶方伯亡，而此点心亦成《广陵散》矣。呜呼！

杨中丞西洋饼

用鸡蛋清和飞面杵稠水放碗中,打铜夹剪一把,头上作饼形,如碟大,上下两面铜合缝处不到一分。生烈火撩稠水,一糊、一夹、一熯,顷刻成饼,白如雪,明如绵纸。微加冰糖、松仁屑子。

白 云 片

白米锅巴,薄如绵纸,以油炙之,微加白糖,上口极脆。金陵人制之最精,号"白云片"。

风 枵

以白粉浸透,制小片,入猪油灼之;起锅时加糖掺之,色白如霜,上口而化。杭人号曰"风枵"。

三层玉带糕

以纯糯粉作糕,分作三层:一层粉、一层猪油白糖,夹好蒸之,蒸熟切开。苏州人法也。

运 司 糕

卢雅雨作运司年已老矣,扬州店中作糕献之,大加称赏。从此遂有"运司糕"之名。色白如雪,点胭脂红如桃花,微糖作馅,淡而弥旨。以运司衙门前店作为佳,他店粉粗色劣。

沙 糕

糯粉蒸糕,中夹芝麻、糖屑。

小馒头、小馄饨

作馒头如胡桃大,就蒸笼食之,每箸可夹一双。扬州物也。扬州发酵最佳,手捺之不盈半寸,放松仍隆然而高。小馄饨小如①龙眼,用鸡汤下之。

雪 蒸 糕 法

每磨细粉,用糯米二分、粳米八分为则。一拌粉,将粉置盘中,用凉水细细洒之,以捏则如团,撒则如砂为度。将粗麻筛筛出,其剩下块搓碎,仍于筛上尽出之,前后和匀,使干湿不偏枯,以巾覆之,勿令风干日燥,听用。水中酌加上洋糖,则更有味。拌粉与市中枕儿糕法同。一锡圈及锡钱,俱宜洗剔极净。临时略将香油和水,布蘸拭之。每一蒸后,必一洗一拭。一锡圈内,将锡钱置妥,先松装②粉一小半,将果馅轻置当中后,将粉松装满圈,轻轻搅平,套汤瓶上盖之,视盖口气直冲为度。取出覆之,先去圈,后去钱,饰以胭脂。两圈更递为用。一汤瓶宜洗净,置汤分寸以及肩为度,然多滚则汤易涸,宜留心看视,备热水频③添。

---

① 如:原书误作“始”。
② 装:原书误作“庄”。
③ 频:原书误作“顿”。

作 酥 饼 法

冷定脂油一碗，开水一碗，先将油同水搅匀，入生面尽揉，要软，如擀[①]饼一样；外用蒸熟面入脂油合作一处，不要硬了；然后将生面作团子，如核桃大，将熟面亦作团子，略小一晕；再将熟面团子包在生面团子中，擀[②]成长饼，长可八寸，宽二三寸许，然后折叠如碗样，包上穰子。

天 然 饼

泾阳张荷塘明府家制天然饼，用上白飞面，加微糖及脂油为酥，随意搦成饼样，如碗大，不拘方圆，厚二分许；用洁净小鹅子石衬而熯之，随其自为凹凸，色半黄便起，松美异常。或用淡盐亦可。

花 边 月 饼

明府家制花边月饼，不在山东刘方伯之下。余常以轿迎其女厨来园制造，看用飞面拌生猪油，千团百搦，才用枣肉嵌入为馅，裁如碗大，以手搦其四边菱花样，用火盆两个，上下覆而炙之。枣不去皮，取其鲜也。油不先熬，取其生也。含之上口而化，甘而不腻，松而不滞，其工夫全在搦中，愈多愈妙。

①② 擀：原书误作"捍"。

制馒头法

偶食龙明府馒头,白细如雪,面有银光,以为是北面之故。龙云:"不然。面不分南北,只要罗得极细。罗筛至五次,则自然白细,不必北面也。惟做酵最难。"请其庖人来教,学之,卒不能松散。

扬州洪府粽子

洪府制粽,取顶高糯米,捡其完善长白者,去其半颗散碎者,淘之极熟,用大箬叶裹之,中放好火腿一大块,封锅闷煨,一日一夜,柴薪不断。食之滑腻温柔,肉与米化。故云:即用火腿肥者,斩碎散置米中。

饭 粥 单

粥饭本也，余菜末也。本立而道生。作《饭粥单》。

饭

王莽云："盐者，百肴之将。"余则曰："饭者，百味之本。"《诗》称："释之溲溲，蒸之浮浮。"是古人亦吃蒸饭，然终嫌米汁不在饭中。善煮饭者，虽煮如蒸，依旧颗粒分明，入口软糯。其诀有四：一要米好。或香稻，或冬霜，或晚米，或观音籼，或桃花籼。春之极熟，霉天风摊播之，不使惹霉发疹。一要善淘。淘米时不惜工夫，用手揉擦，使水从箩中淋出，竟成清水，无复米色。一要用火。先武后文，闷起得宜。一要相米放水。不多不少，燥湿得宜。往往见富贵人家，讲菜不讲饭，逐末忘本，真为可笑。余不喜汤浇饭，恶失饭之本味故也。汤果佳，宁一口吃汤，一口吃饭，分前后食之，方两全其美。不得已，则用茶，用开水淘之，犹不夺饭之正味。饭之甘①，在百味之上，知味者，遇好饭不必用菜。

粥

见水不见米，非粥也；见米不见水，非粥也。必使水米融

---

① 甘：原书误作"百"。

洽,柔腻如一,而后谓之粥。尹文端公曰:"宁人等粥,毋粥等人。"此真名言。防停顿而味变汤干故也。近有为鸭粥者,入以荤腥;为八宝粥者,入以果品。俱失粥之正味。不得已,则夏用绿豆,冬用黍米,以五谷入五谷尚属不妨。余常^①食于某观察家,诸菜尚可,而饭粥粗粝,勉强咽下,归而大病。常戏语人曰:"此是五脏神暴落难时,故自禁受不得。"

---

① 常:应为"尝"。曾经。

茶　酒　单

七碗生风,一杯忘世,非饮用六清不可。作《茶酒单》。

茶

欲治好茶,先藏好水。水求中泠、惠泉,人家中何能置驿而办?然天泉水、雪水,力能藏之。水新则味辣,陈则味甘。尝尽天下之茶,以武夷山顶所生,冲开白色者为第一。然入贡尚不能多,况民间乎?其次,莫如龙井。清明前者号"莲心",太觉味淡,以多用为妙。雨前最好,一旗一枪,绿如碧玉。收法须用小纸包,每包四两放石灰坛中,过十日则换石灰,上用纸盖扎住,否则气出而色味全变矣。烹时用武火,用穿心罐,一滚便泡,滚久则水味变矣。停滚再泡,则叶浮矣。一泡便饮,用盖掩之,则味又变矣。此中消息,间不容发也。山西裴中丞尝谓人曰:"余昨日过随园,才吃一杯好茶。"呜呼!公,山西人也,能为此言!而我见士大夫生长杭州,一入宦场,便吃熬茶,其苦如药,其色如血,此不过肠肥脑满之人吃槟榔法也。俗矣!除吾乡龙井外,余以为可饮者,胪列于后。

武　夷　茶

余向不喜武夷茶,嫌其浓苦如饮药。然丙午秋,余游武夷,到曼亭峰、天游寺诸处,僧道争以茶献,杯小如胡桃,壶小如香橼。每斟无一两,上口不忍遽咽,先嗅其香,再试其味,徐徐咀嚼而体贴之,果然清芬扑鼻,舌有余甘。一杯之后,再试一二杯,令人释躁平矜,怡情悦性。始觉龙井虽清而味薄矣,阳羡虽佳而韵逊矣。颇有玉与水晶,品格不同之故。故武夷享天下盛名,真乃不忝。且可以瀹至三次,而其味犹未尽。

龙 井 茶

杭州山茶,处处皆清,不过以龙井为最耳。每还乡上冢,见管坟人家送一杯茶,水清茶绿,富贵人所不能吃者也。

常州阳羡茶

阳羡茶深碧色,形如雀舌,又如巨米,味较龙井略浓。

洞庭君山茶

洞庭君山出茶,色味与龙井相同,叶微宽而绿过之,采掇最少。方毓川抚军曾惠两瓶,果然佳绝。后有送者,俱非真君山物矣。

此外如六安银针、毛尖、梅片、安化,概行黜落。

酒

余性不近酒,故律酒过严,转能深知酒味。今海内动行绍兴,然沧酒之清,浔酒之冽,川酒之鲜,岂在绍兴下哉!大概酒似耆老宿儒,越陈越贵,以初开坛者为佳。谚所谓"酒头茶脚"是也。炖①法不及则凉,太过则老,近火则味变,须隔水炖②,而谨塞其出气处才佳。取可饮者,开列于后。

---

①② 炖:原书误作"顿"。

金坛于酒

于文襄公家所造,有甜、涩二种,以涩者为佳。一清彻骨,色若松花。其味略似绍兴,而清冽过之。

德州卢酒

卢雅雨转运家所造,色如于酒而味略厚。

四川郫筒酒

郫筒酒,清冽彻底,饮之如梨汁蔗浆,不知其为酒也。但从四川万里而来,鲜有不味变者。余七饮郫筒,惟杨笠湖刺史木簰上所带为佳。

绍兴酒

绍兴酒,如清官廉吏,不参一毫假,而其味方真;又如名士耆英长留人间,阅尽世故,而其质愈厚。故绍兴酒不过五年者不可饮,参水者亦不能过五年。余常称绍兴为名士,烧酒为光棍。

湖州南浔酒

湖州浔酒,味似绍兴,而清辣过之,亦以过三年者为佳。

常州兰陵酒

唐诗有"兰陵美酒郁金香,玉碗盛来琥珀光"之句。余过常州,相国刘文定公饮以八年陈酒,果有琥珀之光,然味太浓厚,不复有清远之意矣。宜兴有蜀山酒,亦复相似。至于无锡酒,用天下第二泉所作,本是佳品,而被市井人苟且为之,遂至浇淳散朴,殊可惜也。据云有佳者,恰未曾饮过。

溧阳乌饭酒

余素不饮。丙戌年,在溧水叶比部家,饮乌饭酒至十六杯,傍人大骇，来相劝止，而余犹颓然未忍释手。其色黑，其味甘鲜，口不能言其妙。据云：溧水风俗，生一女必造酒一坛，以青精饭为之，俟嫁此女才饮此酒。以故极早亦须十五六年，打瓮时只剩半坛，质能胶口，香闻室外。

苏州陈三白

乾隆三十年，余饮于苏州周慕庵家，酒味鲜美，上口粘唇，在杯满而不溢。饮至十四杯，而不知是何酒。问之，主人曰："陈十余年之三白酒也。"因余爱之，次日再送一坛来，则全然不是矣。甚矣！世间尤物之难多得也。按郑康成《周官》注"盎齐"云："盎者翁翁然。"如今鄮白，疑即此酒。

金 华 酒

金华酒，有绍兴之清，无其涩；有女贞之甜，无其俗。亦以陈者为佳。盖金华一路水清之故也。

山 西 汾 酒

既吃烧酒，以狠为佳。汾酒乃烧酒之至狠者。余谓烧酒者，人中之光棍，县中之酷吏也。打擂台，非光棍不可；除盗贼，非酷吏不可；驱风寒，消积滞，非烧酒不可。汾酒之下，山东膏粱烧次之，能藏至十年，则酒色变绿，上口转甜，亦犹光棍做久，便无火气，殊可交也。常见童二树家，泡烧酒十斤，用枸杞四两、苍术二两、巴戟天一两，布扎一月，开瓮甚香。如吃猪头、羊尾、跳神肉之类，非烧酒不可，亦各有所宜也。

此外如苏州之女贞、福贞、元燥，宣州之豆酒，通州之枣儿红，俱不入流品；至不堪者，扬州之木瓜也，上口便俗。

南京文献精编

白门食谱

（民国）张通之 撰

点校 卢海鸣

南京出版传媒集团

南京出版社

目　录

昔袁子才先生侨居金陵,筑随园于小仓山,著有《随园食谱》①。予广其义,取金陵城市乡村,及人家商铺与僧寮酒肆,凡食品出产之佳,烹饪之善,皆采而录之,曰《白门食谱》。其曰白门者,存古名耳。一如渔洋之在金陵咏秋柳,而名曰白门者也。予又思孔子之言曰:"士志于道,而耻恶衣恶食者,未足与议焉。"似士人之所当研究甚多,亦不应斤斤于饮食。然《论语·乡党篇》记孔子之饮食曰:"不时不食","失饪不食";又曰:"沽酒市脯不食","肉虽多,不使胜食气","不得其酱不食";又曰:"食不厌精,脍不厌细"。其种种适合今日卫生之道。当日子才先生之为《食谱》,或即此故。兹予之为此,亦窃取斯意云尔。

南 乡 米

金陵南乡,水土宜稻,所产之米色白如玉,颗粒极匀。净淘而熟食之,味香可口,无一沙粺。于人身之营养,至为合宜。故与浙江湖州所产之米,同为前代贡品。旧日市米铺,插标出售,皆曰南乡熟米也。

南 乡 猪 肉

南乡人家畜猪,皆喂以杂谷,或采野菜,熟以食之,从不饲以不清洁之物,亦不许卧于污水中。故其毛润泽,皮硗薄而肉肥香,入釜一煮即烂,最滋养于人身。金陵各处肉铺出售者,皆标曰南乡猪肉,与售米者相同也。

---

① 误。应为《随园食单》。

后 湖 鲫 鱼

后湖之鲫鱼，大者一尺余，不易得。钓者须于天未明时，持竿垂纶以待。此鱼只天明时一游水面，过此时即深藏，故不易得。其味绝佳，与六合县龙池鲫鱼相似。六合龙池鲫鱼，头小而鳞带金色，土人以为龙种。后湖，在古代亦有黑龙飞跃升天，故湖曾云玄武。此鱼岂亦龙种乎？

后 湖 茭 白

后湖之茭白，肥而嫩，易烂而味鲜。他处所产，多不能及。用以作面饺，或炒猪肉丝，皆可口。至老时，其根部长大，名曰茭瓜，以形似瓜。和豆煮，晾干食之，名曰茭瓜豆，其味亦佳。金陵人士尝爱食之也。

东城外白合[①]

东城外白合，多种自畦间，独头开白色花，与外来客货头多开红花、俗名曰"九头鸟"者不同。夏天和绿豆煮食，极解暑。平时煨食，大补肺。与紫金所产之野白合，皆为金陵特产焉。

板 桥 萝 卜

板桥所产萝卜，皮色鲜红，肉实而味甜，与他处皮白而心不实者，绝不价似。无论煮食或煨汤，皆易烂，而味甜如栗。肉生

---

① 白合：应为"百合"。

食切丝,以盐拌片刻,去汁,以麻油、糖、醋拌食;或加海蜇丝,其味亦佳,且能化痰而清肠胃也。

莫愁藕与莲子

盛夏时,采取食之,藕香脆,而莲子甜嫩,既甚悦口,亦极清心,以别处所产者比①之,迥不可及。其作菜切成薄片,以糖和醋烹成,最耐人咀味。莲子作羹,更觉甜嫩。生熟食之,皆可谓别有风味。予昔在湖上,与庵中补云和尚论画,和尚亲以此二者食予,至今思之,犹若香生齿颊也。

巴斗山刀鱼

居人尝绝早上舟,取最大之刀鱼,以为筵席宴客用。以刀鱼圆及刀鱼片为极嫩,内无一刺,可信口而啖。比之清淮一带,有以鳝鱼一种作种种菜,似尤难为。昔日有友人约予往食,因事未去,负友人厚意,亦予之口福之不佳焉。

江心洲芦笋与嫩蒿

江心洲芦笋与蒿,一白而嫩,一肥而香。土人于方出尖于土时,采取赠人,以为土礼。予曾得若干,以笋煮汤,拌肉食之,味大佳;惟汤稍苦,然能清内热。以嫩蒿炒丝,食之味亦佳,且咀嚼时,齿牙有清香,与笋皆无渣滓,亦能清心火、化痰。《本草纲目》载:"昔有一人病痴呆者,一日失踪,越多日自归,病全愈。

---

① 原书误作"些"。

问食何物。答曰：'居洲上日日食此嫩蒿耳。'"

三牌楼竹园春笋

城北筑马路时，三牌楼一带，皆竹园。某年正月，予在该处学生家春宴，以春笋白拌肉一菜为最佳，亦食无渣滓也。此时笋尚未上市，问如何得来。主人曰："以铲刀循视竹园内，见地上略露笋尖，即以铲刀取出，故肥短而嫩，食无渣滓焉。"今该地稀少，得此笋不易矣。

门东西蔬圃白菜

昔人有言曰："春韭冬菘。"所谓冬菘者，即此。是菜霜降后，味极佳。入釜一煮，即全烂，与他处所产者不易烂、谚曰"老口菜"者不同。早年一四川名医告予曰："此地冬日白菜，与猪肉用文火煮熟食之，最滋养人之身体，其功不减于参蓍也。"

王府园苋菜

王府园苋菜，只一种绿色。夏日取与虾米炒熟食，风味绝佳，任何菜不能及。乡前辈有客居他省者，每届夏日，辄思食此，而动归思。一如吾家先人季鹰，尝于秋日思吴中之莼菜、鲈鱼，而辞官归里也。今王府园，尽筑民屋，菜圃已废，又以门西万竹园苋为佳。东花园与张府园、郭府园均次之焉。

附城园地瓢儿菜

菜形扁圆，而叶不平，状若瓢，故有是名。雪后取食之，味尤美。前人有"雪压瓢儿菜，风吹桶子鸡"之说，盖雪压后得其润泽，而不枯燥，一如油鸡之为风吹，而皮内油汁成冻而后可口也。南城外有蔡老，善刻竹，予尝闻其食此菜法，须多购若干，将外老叶去净，然后以瘦肉丝，同放瓦釜内，用文火炖半日，取出食之，人愈食愈不厌，他菜不欲下箸。故予冬日请客，只作此一菜也。

清凉山后韭黄

清凉山后，西北多山，冬日风少，地亦较暖。一般种菜人家，皆于韭畦上堆积芦灰甚厚，亦极齐整。予由农校回城南，喜走清凉故道，见而问之曰："此积灰何故？"圃中人答曰："此内即韭黄也。韭在灰中生长，故色黄而嫩。"春日以炒鸡丝或猪肉丝，皆甚佳。以此包春卷，煎而食之，尤别有风味。外来之蕹黄，冒称南京韭黄，无此香焉。

北 城 生 姜

当初挖取时，其姜芽各酱园购得，乍腌而即售之，名曰芦姜。旧日以坊口聚和为最佳，色白而味甜，微有辣意，食之开胃化痰。生切成片，与鸡脯炒食，亦佳品也。

西城外白芹

芹茎白而嫩，食时觉有芹香，而不似青芹之香太烈。以烧鸭或猪肉丝炒食，其味皆佳。素食亦美。早年予在江北竹镇李侍郎家食素白芹，香嫩可口，不知何物。问之。予中表曰："此即南京之白芹。"切其肥嫩者炒食，故一律，且不杙牙，真耐人索味。与常州白芹嫩而长者,亦无异耳。

西南乡圩蟹

金陵西南乡,滨江带河,为鱼虾之集处。而圩中多常稔之田,稻粱所遗之穗与粒,蟹来饱食,肥大异常,团脐黄多顶壳,尖脐油亦满腹。煮而食之,最为适口,不一定九月团脐而十月尖也。其他莫愁之蟹,亦大而且美,但出产不多,不甚易得焉。

四 山 雷 菌

每春季第一次大雷之后,山间多有乡人俯而拾之,入市出售素菜馆。以嫩蚕豆合煮而食,非常鲜美。昔以彩霞街一素菜馆所治为最佳。记予与仇述盦、郑雨三①诸友,曾在此午餐,连食三盘,盘中不遗一粒也。

石城老北瓜

金陵石城,系以山为城也,其地势高。城下园圃所种之北瓜,与他处所产特异。江北人称为南瓜,或以此焉。是瓜,上中人多不食,似不足登大雅之堂。然某岁一学生,赠予一瓜,谓煮食,其味如栗,最为可啖,幸勿以为寻常而轻视之。予如其言,煮而食之。适来二显客,举箸同尝食,以为佳味,一巨碗立尽。予笑曰:"昔见人画青菜与萝卜而题曰'士大夫不可不尝此味',吾今亦云然也。"客曰:"不然。吾昔居乡间,亦曾食此,不如此

---

① 原书误为"郑两三"。

之佳也。"石城之瓜,宣①著名焉。

钟山云雾茶

　　钟山,即紫金山。山中产茶曰云雾,今不易得。闻昔人以此茶,取山中一勺泉之水,拾山上之松毯,煮而食之,舌本生津,任何茶不能及也。

后 湖 樱 桃

　　后湖洲多樱桃树,果熟时,以小篮盛之出售,其味鲜美,游湖人争各购一篮归,举家同食,老少皆爱之,往往以一篮为不足也。迩来有人以蜜制者售之,甜则有余,鲜不能及。故每果熟之时,不多时,已售罄,人即取其鲜焉。

桃 园 甜 桃

　　近复成桥之桃园,有甜桃,实不过大,而味甜肉脆,与他处所产特异。每当熟时,人尝放舟于秦淮,过东关,向西游,至其处,入园购之。舟之来往如织,红郎绿女,啖食于船头上,而无不以为佳味也。今复成桥一带,多建屋,而此桃园,亦如仙源不可复寻矣。

皇 城 花 红

　　皇城内隙地,人多种花红,培植合宣②,果亦特异,香甜而肉

---

① ② 宣:应为"宜"。

脆,微有涩味,与外来之客货过于涩口者,大不相同。每购得一二枚食之,觉谏果回甘,亦不过如此而已。

南 湖 菱 角

此湖在莫愁湖之南,故曰南湖。其内产菱,色鲜红。他处所产者,无此色也。西城内有名菱角市者,相传即此菱昔日销售处。其味极鲜美,老时亦实大而肉坚,人多以为菱粉。和而食之,对于人之身体,亦大有补益焉。

北山何首乌

金陵北城外,山间多产此。大者肥似山药。生食,其味先苦而后甜,与谏果同。熟食,其汁清补。中正街昔时有人取以为粉出售,服食者,确有功效。夫子庙常有售此者,以一人形者出售。购者服之,并无大功效。闻此盖由售者预取肥大首乌,放在人形模子内,埋入土中,日加培植,以致长成此人形,故亦无大功效。然既由肥大之首乌作成,食之当亦有益焉。

清凉山刺栗

清凉山栗树甚多。每到仲秋,大江南北人来此山进香者,昼夜不息。山中人以此刺栗,用竹签插入二三枚或四五枚不等,其栗刺包,以刀劈开,留而不去。人欲食之,置地上,以足踏之,其栗即出。去其壳而食,即嫩且甜,甚觉有味。持归以糖煮熟食之,比莲子尤嫩,亦美味也。

太平门外西瓜

金陵太平门外,地高而透风,又为沙土,种瓜适宜。该处瓜种亦佳,皮薄而肉厚,有红黄二色,瓤皆可口。又有曰三白者,白皮、白瓤、白子,其味亦佳。昔东陵侯种瓜长安东城外,各色均备,味亦皆佳,人曰"东陵瓜",亦其地土之适宜耳。

三坊巷郑府烧大鲫鱼

古者妇主中馈。金陵一般大家妇女,多善于烹调。昔郑府烧鲫鱼之美,予父尝称道之。予大姊往问其法。曰:"购得大活鲫鱼,将腹内肠腑等去净;腹内有黑色似皮者与鳃亦去净,用清水一再洗之,勿使存一点不洁;鳞亦去净;然后将子置腹内。以猪油先煎,再入好酒,与上等酱油煮之,火候一到,盛食。"其味之美,任何菜不及也。

颜料坊蒋府假蟹粉

蟹味虽佳,而性太凉,有寒湿人,多不敢食。蒋府主妇取大鳜鱼之肉,和鸡子黄,加以姜醋,作成假蟹粉,其味与真蟹粉无异,亦极养人。又以腐皮包碎猪肉卷好,如豇豆①,以素油煎熟,切段食之,名曰肉豇豆②,亦下酒佳品也。予在上海,其女公子为予门人陈紫垣之夫人,因予病目,忌蟹,曾为此二者食予,至今不忘焉。

---

①② 原书误作"茳豆"。

黑廊侯府玉板汤

黑廊侯府主妇以肥冬笋,切二方片,片中夹金腿一二片,外以海带丝扎好,约有一二十扎,放下清水一大碗,文火炖至相当时,约汁一碗,食之,笋与金腿味大佳,汤尤佳。杏荪先生曾以此食客。笋与金腿,只各食一二扎,汤只得饮一二小勺,客咸以为未足。其味之美,亦可知矣。

安将军巷李府糯米冬笋肉圆

仿徽州作法,另以冬笋尖,细切加入肉圆内。其外糯米,亦选择其颗粒,无一沙秕。作成,放蒸笼内,下垫豆腐皮,食时外洁白,而内味极鲜美,胜过徽州之制多矣。

石坝街石府鱼翅螃蟹面

石府诸媳,皆善烹饪。一日早晨,予过其庐,云轩老友告予曰:"昨日忽思食蟹面,予媳即命仆出城,觅得蟹数只,以鱼翅合制,予方才食银丝面一大碗,即以此作成,味大佳,汝何妨亦食一碗。"语未毕,面已来,真平生未曾食过者也。第二日,遇仇述盒同年,告此事。述盒曰:"予亦曾在石府尝过,不独蟹味大佳,其银丝面之细如线,亦异于市上之所售也。"

车儿巷苏府粉黏肉

苏府为安徽大族,代有闻人,篾丞老友之子名健国,为予弟子。一日,篾丞谓予曰:"予家善作黏肉,当请先生一食。"约期予往其家,食未久,粉香肉已好,荷叶之清香,腾满座上。予举箸去叶食之,粉香肉透,多食而不厌,与饭馆中之所作,迥不相同。盖选肉与粉,及外叶之清洁,火候之恰好,无一不有讲究焉。

予家之蒸肉圆

予母善作肉圆。先将肉内之筋去净,细切好,放生鸡子一枚,和黏作成肉圆,中稍空,入好酱油数滴,生姜少许,包圆。放菜上蒸熟,和菜盛而食之,其嫩无比。而肉圆之空处,皆满肉汁与姜香,真胜过一切肉圆,而耐人寻味,且亦极营养人身,又多食而不厌,真美品也。内子学得其法,作肉圆亦甚佳焉。

灵谷素筵席

金陵各寺院,显者常游,僧人因讲求作素菜以待客。记往年友人叶仪之,邀朋辈游灵谷寺,嘱寺僧代办一筵席宴客,各菜皆佳,城内著名之素馆不能及。闻其所用之酱油,内皆煮笋与豆汁入之,以致其味鲜美,市上不可得也。

扫叶楼素面

予每次游此,和尚必食予以素面。食时,予辄食尽,诚美不胜言。尝窃问道人曰:"此面之制法若何?"道人曰:"出家茹素,无非笋尖豆汁作汤而已。"因忆该处星悟和尚,闻曾在上海,为人约开一素面馆。予与仇述盦、郑雨三诸友到上海,应教育会议,每早必至该馆食素面。其时素面绝佳之名,亦盛于黄浦江上,而座客满焉。

徐府庵素鸡与老卤面筋

徐府庵在老虎桥北首,其修此庵之班上人,系予亲戚,曾送予母素鸡与面筋三篮。家人食之,无不以为美味。问其作法,云以笋汁及黄豆芽卤为之。先以腐皮铺齐多张,紧卷,外以细麻绳缚好,置于已作好之卤内。用上等酱油文火煮之,透味后,稍冷取出,去绳打扁,以刀切成片即成。老卤面筋,亦如此煮法也。忆昔日许苏民先生,赠予常州著名之素火腿,其味与此素鸡相同。此可知其佳已。

贵人坊清和园干丝

南门贵人坊之清和园,系一僧庵。和尚因其地靠城多树,常有人夏日到此避暑,乃打扫树下地,布置桌凳卖茶,并售干丝。未久,清和园干丝之名,传播一城,皆以为佳制也。予问得其制法,系以上等虾米与笋干,入好酱油,同煮为卤。定购好白豆腐干,切成细丝,用开水冲去豆之余味,然后加已作成虾笋之卤煮之。食时另加真麻油半小碗。其味之鲜,令食完一钵后,若犹不足。座客常满,来迟者,须立以待之焉。

彩霞街周益兴冰糖小肚与火腿

周益兴之开在彩霞街,八十余年矣。分号在承恩寺南首。其小肚之著名,闻于江南北。远处人亦知之。予闻其制法,选肉去筋,肥瘦适宜,加上等香料拌合,以清洁之肚装成,腌至透味时期，始行出售。不到其时，虽远处来购，不卖也。其经种种之精究，乃得有佳味。外间传为冰糖小肚，其实并不在此。至所制之火腿，其香亦如此，皆佳品也。

桃叶渡全鹤美醉蟹

其制法，闻醉之先，亦慎加选择，而去其不适用者，方依法醉之。待醉至适当之时，始行出售，故肉透而嫩鲜，恰到好处。他处所售者，恒无此佳品焉。

仓巷韩复兴咸板鸭

韩复兴之板鸭，肥而且香，亦久闻名于外。盖其鸭之肥，喂以食料，待其养成。至其肉之香而嫩，亦咸之适宜，有一定之盐，与一定时。又闻食时，其煮之火候，亦有一定。予家曾在该铺购一肥咸鸭，煮熟时，味之不香与肉之不嫩，比之该铺之所售者，大不相同。问店主，彼曰："此即煮之时太过也。"

新桥九儿巷口肉店松子猪肚

新桥之松子熟肚，其味绝佳，肚极烂，而香极厚，食后犹芬流口齿，久久存在。人家仿而为之，迥不能及，盖火候之未到耳。每当夕阳西下时，铺前购者，已预付钱，立以守之。因稍迟，即购不得矣。

贡院前问柳园炒鱼片

问柳园之炒鱼片，其嫩异常。闻系执锅者手艺之高，并不须用锅铲炒也。先看炉火正好后,将已切之鱼片,放入锅内,以手执锅,就火上数播即成。无一片不熟,无一片不嫩,真妙手焉。其炒他物亦如此,惟播之次数多少不同耳。又煮豆腐,味厚可口,亦为美品,人欲食此,须早二时告知。不然,火候不及,煮不成也。此园久废,追忆及之,犹令人念念,其美可知矣。

东牌楼老宝兴烤鸭与鸭腰

老宝兴之在东牌楼时,对门即一大鸭铺。其有肥鸭与大鸭腰,皆为宝兴所定用。故烤鸭之肥而大,他馆所无。其烤法亦好,脆而不枯,正到好处。至鸭腰之大而嫩,亦烹适宜,同为绝无仅有之佳品,而名盛一时。今在桃叶渡,其烤鸭仍著名焉。奇望街西口奇斋,斋内所作各菜皆美,而以拆烧肉为尤佳。肉香味厚,佐酒与茶,极可口。外间所售茶腿,不可与比。今主人另为他业,此味不复可尝已。

贡院西街韩益兴炮牛肚颈与炮羊肉

韩益兴之炮牛肚颈与羊肉,火候之到,气味之佳,耐人咀嚼。他处所作,迥不能如。来此食者,恒称之不已,以为一绝也。

南门外马祥兴美人肝与凤尾虾

其所谓美人肝者,即取鸭腹内之胰白作成。因选择极净,烹治合宜,其质嫩而味美,无可比拟,乃名之为美人肝也。至凤尾虾之作法,系虾之上半去壳,下半仍留。炒熟时,上白而下红,宛如凤尾。其烹治亦好,味甚鲜美,而人乃称之为凤尾虾焉。记去岁有外来之客,冒雨邀予出城,至该处一尝其味,虽途间泥泞难行,亦不顾焉。

文德桥得月台羊肉

得月台,紧靠文德桥,远望钟山,近临淮水,食景极佳。平时品茶之处,以此为最。而冬日之羊肉面,尤称一绝,肉烂而味香,面亦匀细。每早晨来此,食此面一碗。不觉满身温暖,忘却楼外风寒。推窗一览钟山,积雪如白头老人,隔城相对也。今楼毁,来此颇有今昔之感。

利涉桥迎水台油酥饼

迎水台,紧依利涉桥,却丁家帘前咫尺。一湾碧水,时载歌声而来。登此台品茗①,亦大佳也。而主人又善治油酥饼,饼厚而酥,以猪油煎成,味香而面酥,油滋而不腻,耐人索味。与道署街之教门馆以麻油煎饼薄而脆者,同为美品,皆能教人食不厌也。

殷高巷三泉桥酥烧饼

金陵卖糕桥烧饼,素著名,然长大而不酥,不足称佳品。三泉楼之烧饼,酥而可口,无一卖饼家可及,远近驰名。该楼仅二三间,左右皆人家,无风景可赏。而人之从远处来此,即为食

---

① 登此台品茗:原书误作"登此程评茗"。

饼。其味之美,不言可喻已。

马巷口正春园汤包

正春园汤包,昔日一枚只售钱三文。其内满贮肉汁,皮薄而肉嫩。包不过大,一口可食。味美汁浓,对于人身之营养,不让生鸡子,真良品也。今馆久废,刘长兴茶室内之房屋,即其地,面之汤与味,亦甚佳也。

马巷中段之熟藕

铺门朝东,专售熟藕。未煮时,先取肥而嫩者,洗净其泥滓。然后以糯米填入孔内,放稀糖粥锅中煮熟。食时又略加桂花糖汁,香气腾腾。藕烂而粥黏,亦养人之佳品。下午各处击小木铎,而高呼卖糖藕者,迥不及焉。

大中桥下素茶馆菜包

面松菜细,内有芝麻香。予与友闻其名,曾于午后至其处购食。馆中人曰:午后不蒸,惟以早晨所蒸熟者,另以素油,煎而食之。予与友皆曰:善。乃嘱煎若干枚以食。其味之佳,据人云,比蒸食尤美。今久不到此处,不知仍有是油煎菜包乎?

东牌楼南口元宵店之软糕与黑芝麻心汤圆

是处之软香糕,粉细而加入松仁极多,真软香而可口。至汤圆,以黑芝麻和糖为心,外包面粉亦细,食时内黑香而外洁白,其味大佳。所作五仁元宵亦好,胜过他处之所作焉。

东牌楼北口稻香村蝙蝠鱼与麻酥糖

是处所售之鱼，新鲜酥透，其味最佳，每片形如蝙蝠，故有此名。佐酒侑饭，皆为美品。其麻酥之香脆，尤胜于他铺之所售者。此外午节之火腿粽子①，与年节之猪油年糕，亦名盛一时也。

南门内桥上饭馆之素汤罐肉

素汤之作法，闻系清道人梅庵师所亲口传授者。当日梅庵师过宁，学生有告以此桥上之罐肉汤，梅庵师要来一尝。予闻其汤之作成，以五六片猪肉，加腌菜数片，同入小瓦罐中，放炉火炖熟。每一炉火上，常放小瓦罐，至一二十之多，堆积如小宝塔。清晨即炖上，至午时，客来食一罐或二罐，听便。汤清而味香，久称佳品也。梅师食后，亦称为佳。而学生颇以为简略，坚请点一真佳者，使学生亦得一尝。梅师曰："今日恐作不及，先告其作法，明日来食可也。"于是唤店主来告曰："汝明早取瘦猪肉丝若干，加入干贝若干，清水若干，用文火炖至午刻，将内渣滓滤净存汤，俟予等来，再配菜食之。"主人敬诺。明午，梅师来，汤已好。梅师见馆中有小菠菜，即命以此小菠菜入汤内煮熟食之。其味之美，真为吾人所不曾食过。梅师又曰："此汤只合用素菜，故曰素汤。"今桥上房屋一空，店久移他处，此汤亦久不尝矣。

---

① 粽子：原书误作"综子"。

大辉复巷伍厨鸡酥与鱼肚

鸡酥味透而嫩,肉酥而香,食不枨齿,佐酒极佳。鱼肚火候正好,愈食愈觉其美。予家住在此巷时,有宴会,皆用此厨所作之筵席。座客常称赞不置。而上所举二菜,人尤以为佳焉。

七家湾西小巷内王厨盐水鸭

金陵八月时期,盐水鸭最著名,人人以为肉内有桂花香也。王厨此鸭,四时皆佳,其肥而嫩,尤为外间八月所售之盐水鸭不能及。故金陵人士,无不知王厨盐水鸭之名也。

三坊巷何厨蜜制火腿

何厨为吾友仇述盦家之老主顾。记早年予在仇府,食其蜜制火腿,甜香适口,以肥者为尤佳,而瘦者之酥且有味,亦耐人咀嚼,真为美品。他厨子不能为也。

信府河陈鱿鱼

火候极有讲究,不易烂之鱼,竟能使之异常烂也。且烹治亦甚有味,食者皆以为一绝。其所作他菜,亦皆异乎寻常,而成为该厨之独制,故其名亦颇著于城市中焉。

朝阳门外制酒公司高粱①

朝阳门外麦酒，向著名，然味淡，人多不饮。今制酒公司所制高粱②味厚，较之沛酒，不多让也。曾有亲戚赠予二瓶，饮客，客皆以为佳。

三铺两桥陶府酥鱼

三铺两桥陶子仪先生自浙江辞官归里，对于饮食颇善研究。自言曾食酥鱼，得其作法，系用五寸长鲫鱼，将鳃与内部腑肠去净，放瓦钵内，用上等酱油与绍兴酒及麻油、葱与姜少许同放钵中，以文火炖至半日后，汤将干，鱼香出钵外，然后取食，骨刺皆酥而可食，其味绝佳。子仪先生之孙女为予儿媳，去岁犹为予作此酥鱼，亦甚可口也。

其他大同而小异者颇多，不复记载。因人之哺啜，本有不同耳。予之为此，亦徒哺啜也。知不免子舆氏之讥矣。然《中庸》有言："人莫不饮食③，鲜能知味也。"故易牙之知味，子舆氏亦尝称之。且昔齐桓公夜半不嗛，易牙煎熬燔炙，以开其胃，而健其身，卒成立不世之业。孟子有曰："养其小体者，为小人。养其大体者，为大人。"人若徒哺啜也，当然不足道。

人若养其小体，而不遗大体，则有健全之身，成健全之业。谅子舆氏亦甚赞同。今予拉杂书之于后，对于前书《论语·乡党篇》之所记，其意亦无有不合，阅者幸鉴察焉。

---

① ② 高粱：原书误作"高梁"。
③ 缺一语尾词"也"。

南京文献精编

冶城蔬谱

（清末民初）龚乃保 撰

点校 卢海鸣

南京出版传媒集团
南京出版社

目　录

自　叙

　　客南安五载，肉食既艰，菜羹尤劣。花猪难得，乃同儋耳谪居；芥孙偶吟，谁假参军片壤？遥忆金陵蔬菜之美，不觉垂涎。长柄葫芦，未携东吴之种；秋风莼菜，能无故国之思？爰撮素所好者二十余种，分疏于册。冶城山麓，敝庐之所在也，因名之曰《冶城蔬谱》。钟山淮水，话归梦于灯前；雨甲烟苗，挹生香于纸上。思乡味纾旅怀也。他日者，返棹白门，结邻乌榜，购园半亩，种菜一畦，菽水供亲，粗粝终老，所愿止此。天其许之乎？光绪己亥仲秋揖坡戏编于南安道源书院。

题　辞

　　江南土膏肥，佳蔬乘时发。春初喜雨滋，冬冷宜雪压。灌畦瓦瓮提，护圃棘篱插。经霜食更甘，带泥洗觉滑。不断四时供，自然五味洽。君为著此谱，罗列品不难。名或锡古称，种必用今法。非嗟英雄老，足救我辈乏。僧厨备净供，宾筵戒特杀。斋欲偕马打，梦不来羊踏。藏比庚郎鲑，蒸误卢相鸭。肉食亦何为，耻与时宜合。方今世多虞，根荄未尽拔。寄语咬根人，作事须审察。

陈作霖

早　韭

周彦伦山中佳味,首称春初早韭。尝询种法于老圃,云冬月择韭本之极丰者,以土壅之,芽生土中,不见风日。春初长四五寸,茎白叶黄,如金钗股。缕肉为脍,裹以薄饼,为春盘极品。余家每年正月八日,以时新荐寝,必备此味,犹庶人春荐韭之遗意也。秋日花亦入馔。杨少师一帖,足为生色。

枸　杞

《尔雅》作"枸檵"。《诗》:集于苞杞,言采[1]其杞,隰有杞桋。严粲《诗缉》:皆指枸杞。其供风人盘飧旧矣。春初嫩薹怒发,长二三寸,炒食,凉气沁喉舌间。孤芳自赏,雅不与腥膻之味为缘。味苦而甘,其果中之橄榄与?子秋熟,正赤,服之轻身益气。

豌　豆　叶

放翁诗序[2]:巢菜蜀蔬。大巢,豌豆之不实者。金陵乡人,则将田中白豌豆之头,肥嫩尤甚,味微甜,别有风韵。荤素酒肆,皆备此品,以佐杯勺。

油　头　菜

《正字通》:今南京口之菘为上,范石湖诗:"桑下春蔬绿满畦,菘心青嫩

---

① 采:原书误作"菜"。
② 放翁诗序:指陆游《剑南诗稿·巢菜序》。

芥薹肥。"是春日亦称菘也。曰四月梵。其实春初最佳，至四月已不可食矣。茎叶较冬月白菜差小，而滑泽特甚，实一种而分艺于两时者。二月起薹，又名插薹菜。俱甘芳，便于常食。

菠　　菜

《嘉话录》：相其种自西域颇陵国来，遂讹为菠薐。《小知录》：又名雨花菜。《闽杂记·东坡黄菜诗》："北方苦寒今未已，雪底①菠薐如铁甲。"今闽人亦称为铁甲。春雪初融，叶作老绿色，根红而味甜，俗诧为红嘴绿鹦哥。冷拌尤佳。钟谟嗜菠薐，与蒌蒿、菜菔②，为三无比。

雷　　菌

潘之恒《广菌谱》：雷菌出广西横州，雷过即生。吾乡处处有之，不必粤西也。小者轮廓未展，圆如龙眼。雨后行山麓坡陀间，俯拾即是。质嫩而味鲜，春蔬中翘楚也。

春　　笋

笋为竹萌，品类甚繁。吾乡牙竹笋最为珍品，气清味腴，香生匕箸。春初入市，二三月乃盛。以配鲋鳜，如骖之靳。若白拌素食，更饶真味。

---

① 底：原书误作"复"。
② 菜菔：应为"莱菔"，即萝卜。

菊　花　叶

野菊与九月菊同时，开小黄花，有香。其嫩薹中蔬料，丛生菜畦傍，春夏尤佳。带露采撷，指甲皆香。凉晕齿颊，自成馨逸。

苜　蓿

《史记》：大宛国马嗜苜蓿，汉使得之，种于离宫。一作牧蓿。《西京杂记》：又名怀风。阑干新绿，秀色照人眉宇。自唐人咏之，遂为广文先生雅馔。

马　兰

亦野菜之一种，多生路侧田畔，与他菜不同，颇能独树一帜。他处人多不解食。然其花，则久为画家点缀小品。

诸　葛　菜

《诗》：采葑采菲。葑即蔓菁，一名芜菁。诸葛公行军，以蔓菁有六利，随在令兵士种之，蜀人因呼为诸葛菜。考今所谓诸葛菜，殆野蔬之一种，非蔓菁也。《说文》：萝菔似芜菁。大抵二物皆根巨可食。六利①亦云冬有根，可剐食。故后汉桓帝诏郡国种芜菁，以助人食。唐德宗在奉天，夜缒人城外，采芜菁根。今其根不异常菜，岂堪助食？非蔓菁一。考桓帝诏，在六月秋

---

①　刘禹锡《嘉话录》："诸葛亮所止士兵独种蔓菁者，取其才出甲，可生啖，一也；叶舒可煮食，二也；久居则随之滋长，二也；弃之不令惜，四也；田则易寻而来，五也；冬有根可食，六也。比诸蔬其利甚博。"

成尚远，故令种此菜，速成救饥。若今之诸葛菜，夏初子熟落地，秋尽冬初始破块而出。六月非生发之时，种之何益？非蔓菁二。杨诚斋以芜菁为甜冰，其味必甘。今味微苦，非蔓菁三。特不知诸葛菜之名，昉于何时耳。自生荒园废庙中，嫩丛弱叶，雪压经旬，迎日冰开，青葱无恙，绿甲登盘，如诗家郊岛别有风味。正二月起薹着花，状类菘芥，色青似牵牛。

蒌　蒿

《尔雅》：蒌，蒿也。《诗》：言刈其蒌。疏叶似艾，正月根芽抽茎，择二三寸，清香洋溢。拌薄片肉尤佳。江南荒洲野港，所在皆是。东坡诗："久闻蒌蒿美，初见新芽赤。"范石湖诗："扪腹将军犹未快，掉船两岸摘蒌蒿。"诗人雅嗜，往往吟咏及之。

新　蚕　豆

四月初熟，新翠满筐，色香味俱备。尽力饱食，可十余日，过此则渐老，不中蔬料矣。或去荚水煮，糁①以盐花，不假修饰，自然芳洁。

苋

苋陆夬夬。始见于《易传》。以为马齿苋。据《学斋占毕》董遇注，则为人苋。即今之种于蔬圃者。有红绿两种，柔滑可人。长夏蔬品，盖一二数矣。秋后再种者，尤佳。

---

① 糁：应为"掺"。

荄 儿 菜

生洲渚中,《尔雅疏》①谓如芹菜可食。然洲渚之民,无有连叶卖者。惟剥其外裹之叶,取嫩心可二三寸,沿街唤卖。粗如小指,肥白若不胜齿牙。一种穜者较大。

莴 苣

《清异录》:呙国②使来,隋人求得菜种,酬之甚厚,故又名千金菜。削去粗皮,色如碧玉。一种香者气尤芳冽。盐渍、生食亦清脆。

毛 豆

八九月始熟,荚宽于他豆,实大而扁圆,如蚌珠,青翠可爱。豆之入馔者,此为隽品。荤素咸宜。或盐水略煮,用火烘干,色香味逾时不变,可为笾实,可寄远方。一种五月早③熟,名红毛青,荚窄实小,味稍逊。

萝 卜

《尔雅》:葖,芦萉。郭注:萉宜作菔。能去麦面毒,故又名来服。言来蛑之所服也。吾乡产者,皮色鲜红,冬初硕大坚实,一颗重七八两。质粉而味甜,远胜薯④蓣。窖至来春,磕碎拌以

---

① 《尔雅疏》:应是《尔雅注疏》。所引原文为"似芹,亦可食"。
② 呙国:即倭国。
③ 早:原书误为"旱"。
④ 薯:原书为"藷",系"薯"的异体字。

糖醋，秋梨无其爽脆也。赵云松诗："辣玉甜冰常馔足，不知世有乳蒸豚。"辣玉谓芦菔，甜冰谓蔓菁也。

茭　白

《说文》：蒋，菰也。《汇苑》：蒋，又名茭白。叶如芦苇，中生薹是也。惟谓薹为菰米薹，殊误。《留青日札》谓不结食①者为茭白，此说得之。粗如小儿臂，专供厨馔。金陵人呼为茭瓜，薹之肥硕可知。

松　菌

菌生松阴，采无时，列于陈仁玉《菌谱》。金陵季秋始盛，肉厚于常菌，味极鲜美。僧家渍以酱汁，可藏至隔年。客至取数枚点汤，煮面味即不同。

白　菜

秋末晚菘，亦为周彦伦所艳称。性耐霜雪，有松之操，名以会意也。柳诚斋②至名之为水晶菜。清脆丰润，最便常食。岁晚作菹御冬，清寒彻骨，真不愧冰壶先生。

瓢　儿　菜

蔡友石观察官凤阳时，携种后圃，变为茎长而心不黄，无异白菜。菜为吾乡土产，似北地黄芽菜，差短小，茎褊叶皱，环抱极

---

① 食：系"实"之误。
② 柳诚斋：应为"杨诚斋"，即南宋文学家杨万里。

紧。外绿中黄,俗谓之菊花心。饱饫霜雪,别具胜概,亦常食所必备。然珍错罗列,偶得此味,羔豚为之减色矣。种类善变,一畦中往往有叶不皱而色嫩绿者,俗谓之白叶,味亦憨甜。

白 芹

种法如早韭,茎叶较长,嫩亦倍之,触手即折。以之炒肉良。蜀人贵芹芽胲。东坡诗:"泥芹有宿根,一寸嗟独在。雪芽何时动,春鸠行可胲。"均以嫩黉为珍品。作菹如嚼冰雪,能令肠胃皆清。鲜有浸以醋者。魏郑公之嗜醋芹,殆有别肠。另有青芹、蒲芹两种,亦香美可口。

荠

《诗》:其甘如荠。蔬之见于诗者,杞笋蒌芹外,此为最著。自生田野间,不畏冰雪,味有余甘。东坡所谓"天然之珍,不甘于五味,而有味外味之美"者也。一种叶色干枯,熟后逾绿,俗谓之锅马荠。又一种每叶碎叶歧①出,乡人谓之糯米荠。按《广清记·野菜》:乐府有碎米荠②。或糯米即碎米之讹。放翁《食荠》云:"小著盐醯助滋味,微加姜桂发精神。风炉歇钵穷家活,妙诀何曾肯授人。"得此诗价增十倍矣。

---

① 歧:原书作"岐"。
② 此句甚难理解,因找不到出处,姑且断之。

南京文献精编

续冶城蔬谱

（民国）王孝煃 撰

点校 卢海鸣

南京出版传媒集团
南京出版社

目　录

序

　　江宁城自明祖开拓大建，城中多荒隙地。乡人辟草莱为蔬圃，有若清凉山、卢龙山、钦天山、覆舟山诸境，所在皆是。有清定鼎，夷为平芜者，有若东城之东花园、南冈，中城之王府园，西城之凤麓，又比比皆是。咸丰间，粤匪扰我省境，沦陷十余载。同治中兴而后，元气未复，瓦砾之场，居民次第垦植，益有城市山林气象。读陈雨叟先生《金陵琐志》，可想见也。龚艾丈爱撰《蔬谱》，忻志冶城风物，托兴田园，蔾藿遍饶。孝煊于是有同嗜焉。以为城中土著尚多，蒪菲可采，家山真味，十亩无闲，寒素辛盘，三年有蓄，食指或动，墨香为沈，不鄙食肉，聊寄忆莼。藉为续谱，不自知其面有菜色也。时在壬子冬十一月，寄鸥庐后学王孝煊谨志。

芥

赵魏之地有大芥，谓之荦菣，吾乡所种不及也。亦名春不老。多辛辣。既腌作菹，莫^①春拓瓮，香碧清腴，而以色微黄，味略酸，为尤风隽。或用以煮羹，先宜瀹去辛性，亦不亚秋末晚菘。

雪 里 蕻

《野菜笺》曰：出四明_{今浙江鄞县}。雪深诸菜冻损，而是独青，盖芥之别种。曩居甬东，以雪里蕻为寒畦美味。每取芥苏用盐水烂煮，有清香，略加麻油，冷食尤妙。其次伴^②肉品亦佳。腌可御冬，藏至明春，瓮中腾酸香，作淡黄色，味益别致。吾乡所种，未尝改味。

大 头 菜

惜翁纂《江宁府志》，记物产云：大头菜，芥属，其根甚巨，盐食之。梅老修《上江县志》，食货考曰：双桥门厥蔬宜大头菜。窃谓是蔬必有名称。吾乡又夙号佳种，两志直号今名，抑无可考，或本无名耶？姚志曰：芥属似也。根巨而味美，以茴香、椒盐久蒸，经十年不变，小菜品之最佳者。乡人率贩湖广等处，名曰正菜，擅厚利己。竣^③有考证，再补记之。

---

① 莫：通"暮"。

② 伴：应为"拌"。

③ 竣：应为"俟"。

豆　芽

豆芽，或以绿豆，或以黄豆，蒸湿发芽，长三寸许，新嫩洁白，四时有之。佐荤素膳皆宜。黄豆芽烹汤尤清鲜。僧寮治馔必需之品。所谓物贱而价廉，家常习用，几忘其利。吴越各地都有之，而吾乡尤多。多食绿豆芽可避炭毒。

筒　蒿①

一名牡蒿，《说文》以为蔚也。三四月生苗，叶扁，有秃歧，肥嫩。煮肉汤有清芬，或治素馔亦宜。为吾乡家常食品。或久不食，偶用之，味称胜常蔬。

青　椒

《酉阳杂俎》曰：出摩陀国，呼为昧履②。味至辛辣，今胡盘肉食皆用之。《本草》云：向阴生者曰澄茄，向阳生者名胡椒，又名胡辛。即今之胡椒。吴越名辣茄，取形似也。《说文》无椒字。小徐③曰茉，即今之椒，盖假借用之。故椒以而茉废。初夏即实，甫入市颇希异，色翠味辛，吾乡又名青胡椒。为夏令中至清洁品，可去秽恶。东邻治馔，辛雾噀人，每为鼻嚏，可人也。入秋作老绛色，性尤烈。加盐作醢，别具风味。

---

① 筒蒿：应为"茼蒿"。
② 段成式《酉阳杂俎》："胡椒出摩伽陀国，呼为昧履支。"
③ 小徐：即大徐徐铉之弟徐锴，精通文字学，著有《说文解字韵谱》。

嫩　姜

不撤姜食，圣人之常。朱子依《本草经》为注。久服去臭气，通神明。《说文》作薑，训御湿菜。吾乡暑伏时，取一种新嫩芽姜，糅以盐水，一二日可食，谓之漂姜。微辛而味芳沁，胃无老幼，皆同嗜，他处不及也。东坡诗曰："故人兼致白芽姜。"其以是欤？

蕥荽[①]

《群芳谱》曰：汉时张骞得种于西域，名胡荽[②]，亦名蕥荽[③]。叶如小蒿，异味异香，非同嗜也。汤馔中生食之，别具风韵。《本草》云：利疏散寒滞。抑亦佳品。近时吾乡种植滋繁，细花遍地，畦路或闻其臭。

按：荽[④]非冶城出产，亦移种他来者。然圃中莳艺既多，取用便利，非客蔬也。故著录之。

豌　豆

《本草》云：种来自西湖[⑤]。有紫有白，性甘平。叶肥嫩，可食。已见前谱。四月间豆乃登，新嫩时盐水清煮或不用盐，豆香满盎，点饥佳品。浙人名曰罗汉豆，寓来自西域意。而豌似转

---

①③　蕥荽：应为"芫荽"。
②　胡荽：应为"胡荽"。
④　荽：应为"荽"。
⑤　《本草》原文为"豌豆种出西胡"。本书作者将"胡"误为"湖"。

声为罗汉。吾乡尤为诸豆中特品。

豇　　豆

荚长一二尺。《本草》云：豆子腰曲，象人肾形，有补肾益气之功。吴越呼曰裙带豆。长荚新嫩，色青味脆，肉素两宜。入秋即[①]坚老，研细作沙，为糕饼馅，谓之豆沙。宜蔬宜药又宜饵，诚佳品也。

扁　　豆

荚嫩时最美，宜素馔，宜肉味。白种尤好。深秋豆老，煮汤饮，味勒莲蓬。仁香腻益脾。《本草》云：降浊升清，为秋味之一。郑板桥句"满架秋风扁豆花"，想见名士赏心乐事。

黄　　瓜

著于《月令》者，曰王瓜。《本草经》亦谓之土瓜。今之黄瓜，别种也，非瓜之讹。见《群芳谱》。黄瓜种，西域有之，又名胡瓜。西汉时张骞始得之。凉味清芳，宜生食。略伴盐酱，最适口。端阳节以之佐蒲觞，几成风俗。此瓜自种至实，才二十一二日。初夏即上市，或喜作止渴，食味甘而爽沁心脾。近人又取其最小者，渍以酱，或腌以虾卤，名卤虾瓜，又名酱黄瓜，味极鲜美。亦可蜜饯作糖饵。

---

① 即：原书误为"既"。

酱　瓜

夏日初晓，清露未晞，乡人何儋，_{此为本义字，《说文》云"荷担"，假借}_{也。}成群入市，肥碧满筐，谓之菜瓜。卖酱者剖成片，以甜酱渍之，味清腴，色若黄石，莹透鲜脆，为下粥小品。吾乡小菜中斯为美味。齐俗谓之酱薗，不宜生食。然乡人行路生渴，柳阴坐嚼，亦若味夺蔗，酱甘逾石蜜。

丝　瓜

浙东俗呼曰天罗。《群芳谱》曰：天罗絮即丝瓜，藤荫满畦，形如绿蛇。缕切肉丝，以之煮汤，极清鲜可口。吾乡卖者且代削皮焉。新嫩宜食，才十日耳。过此则瓜瓤将成络，入药品。

按：天罗絮实丝瓜之别种，形如瓠，嫩时亦入蔬。既成絮，子坚黑，若小虫，则宜药。则吾乡之丝瓜，越东各地有之。

冬　瓜

《本草》：亦名白瓜，甘寒，泻热益脾，利二便。暑月作汤，或煮豚蹄，或脯肉脯，肥嫩最可口。若素馔则宜佐豆板_{即老蚕豆}，亦清适。秋凉摘蒂，制为蜜饯，别具①风味。

瓠　子

吴越人曰胡卢，甬东之俗曰夜开花，吾乡曰瓠子。可作羹。

---

① 具：原书误为"其"。

用肉切丝缕析,瓠瓤杂为脍,诚佳味。或剜瓠中心,实以肉糜,蒸为馔,尤美。素食亦宜。

葱

《群芳谱》:一名和事草。可以和众羹。吾乡有细叶小葱,气味芳和,取煎豆腐素食品颇宜。又用烹鱼,不切断,厚酬油酱,鱼酥葱熟,而味独绝。俗云"食酥鱼只食葱",可想见也。

茄

《说文》:茄训扶渠茎。段氏注谓古与荷通用。《酉阳杂俎》曰:一名崐崘瓜。亦异地之种。又名茄。遂假茄字为名称也。初秋上市,有紫、白两种。吴越之俗,以盐、油、酱、醋加姜屑烂煮,清香,极有味。又蒸熟,去子条缕,杂油醋伴①食,为便膳极宜。惟不宜佐肉食,不宜久食。

慈　姑

《群芳谱》作茨菇,一岁根生十二子,有闰则生十三子云。元武湖②、莫愁湖各处陂塘,多有种者。如小芋,味微苦。《本草》云:能下石琳,治百毒。嫩腻香滑。以之蒸鸭煮肉,味殊隽别。栗子煨鸡可人意,吾于慈姑亦云。

---

① 　伴:应为"拌"。
② 　元武湖:即玄武湖。清朝为避康熙帝爱新觉罗·玄烨之炜,改"玄"为"元"。

芋

《说文》：大叶实根。又与莒通。齐人呼芋为莒。《史记》：汶山之下，有蹲鸱。芋名也。吴越人谓之芋奶，常用以治羹，细腻适口，称为佳味。其大者煨烂熟，有谷香，最耐饥。高僧拨火，领取十年宰相，遂成佳话。

山　药

北乡诸山，多有种者，或野出。肥硕甘芳，为清补上品。吾乡或用以佐馔，味较胜于芋。亦蒸熟伴①糖，作饵食尤佳。

---

① 伴：应为"拌"。